T0349055

Emilia Pardo Bazán
LA CITA
y otros cuentos de terror

Emilia Pardo Bazán
LA CITA
y otros cuentos de terror

Ilustraciones de
Elena Ferrándiz

Selección y prólogo de
Care Santos

Nørdicalibros
2021

© De la selección y el prólogo: Care Santos

© De las ilustraciones: Elena Ferrándiz

© De esta edición: Nórdica Libros S. L.

C/ Doctor Blanco Soler, 26 - C. P. 28044, Madrid

Tlf.: (+34) 917 055 057

info@nordicalibros.com

Primera edición: septiembre de 2021

Cuarta reimpresión: junio de 2022

ISBN: 978-84-18451-81-2

Depósito Legal: M-22175-2021

IBIC: FA

Thema: FBA

Impreso en España / *Printed in Spain*

Gracel Asociados

Alcobendas (Madrid)

Diseño de colección: Diego Moreno

Corrección ortotipográfica: Victoria Parra y
Ana Patrón

Un auténtico festín
de Care Santos

En mi libro de literatura de tercero de BUP aparecía un retrato de Emilia Pardo Bazán. Una señora gruesa, un poco bizca, adornada con puntillas y perlas, tocada con moños, cuyo cuello había desaparecido bajo una prominente papada. Allí decía que era condesa, pero a mí me recordaba más bien a una abuela con demasiado carácter. Una matrona severa. Era fácil imaginarla desocupada junto a un brasero, o refunfuñando en una reunión de sociedad. En el texto del tema —uno de los últimos del libro, al que nunca llegamos— se informaba de que era gallega, responsable de la introducción del naturalismo en España y su nombre y sus apellidos aparecían junto a una ristra de nombres por completo masculina. Se hacía constar que vivió entre 1851 y 1921 y se citaban dos de sus obras: *La cuestión palpitante* y *Los pazos de Ulloa*. De esta última se decía que era costumbrista, que estaba ambientada en Galicia y que era su mejor novela. Y eso era todo.

Nada me pareció entonces más interesante que el hecho de que fuera una mujer. Yo andaba entonces en busca de referentes literarios a los que aferrarme en mi condición de aprendiza de juntaletras y a pesar de que el retrato de doña Emilia daba un poco de susto, resolví investigar sobre ella. La busqué en la biblioteca que por aquel entonces se había convertido poco menos que en mi segunda casa. Solo recordar ahora aquella búsqueda ya me parece algo decimonónico. Cada libro estaba referenciado en una ficha de cartulina blanca. Las fichas se guardaban en una serie de estrechos cajoncitos de madera barnizada que ocupaban una de las paredes de la sala de lectura. En la parte frontal de cada cajón se indicaba el fragmento del alfabeto que contenían. Las letras más difíciles —pongamos, la X o la Y— se ventilaban en un par de cajones, pero había otras que ocupaban decenas de ellos, y entonces era necesario indicar la porción de cada letra que atesoraba cada compartimento, lo cual imprimía a las búsquedas el carácter misterioso de aquellas palabras imposibles. Pongamos por caso que encontrara a doña Emilia en el cajón «Pam-Pat». En su interior, las fichas más antiguas estaban escritas a mano y con pluma, en una letra con arabescos que me fascinaba. Las más modernas —estoy hablando de mediados de los años 80— habían sido mecanografiadas. Los ordenadores y las bases de datos eran aún inimaginables. Como hoy lo son todos aquellos cajones que tantas veces recorrí en busca de caprichos o tesoros y que a saber qué habrá sido de ellos.

El caso es que allí encontré —cómo no— a quien iba buscando. Los apellidos de la señora condesa, tan panzudos y proclives al arabesco, estaban escritos en una tinta que malveaba. Lo cual era el anuncio de ediciones vetustas, de papel áspero, casi siempre amarillento. Ediciones maltratadas por el tiempo y por el olvido. Gran parte de los libros que saqué de aquella biblioteca en aquellos años no habían tenido más lectora que yo en décadas, un dato que también era posible conocer gracias al registro que acompañaba cada ejemplar. Nunca logré comprender cómo era posible que lecturas tan estupendas no fueran más populares. La reivindicación de doña Emilia que hemos vivido en la última década no se le ocurría entonces a nadie.

El primer volumen de Pardo Bazán que llegó a mis manos era una colección de relatos, *Cuentos trágicos*. Lo elegí por el título, sin ninguna referencia ni recomendación, dejándome guiar por ese instinto ignorante que a menudo funciona mejor que nada. La tragedia me interesaba entonces. Mis años adolescentes eran sumamente trágicos, o así los percibía yo. La edición era la de editorial Renacimiento, en rústica, ajada, medio descompuesta. Acaso se trataba de la primera edición de 1913, no lo recuerdo ni entonces me fijaba en esas cosas. La misteriosa cubierta mostraba un esqueleto que se dispone a cruzar un umbral protegido por un cortinaje. Aficionada a lo sobrenatural como era —como soy— aquella ilustración era para mí una invitación, una confirmación de que lo que contenía aquel viejo volumen iba a interesarme. Lo empecé aquella misma noche. Lo devoré en menos de veinticuatro horas. Lo que más me costó fue relacionar aquella voz atrevida, irónica, vivaz y plenamente actual con la señora de los moños que bizqueaba en mi libro de texto. Descubrí entonces que los libros de literatura no hablan de literatura, algo que sigo creyendo y constatando de vez en cuando. Nunca más he dejado de leer a Emilia Pardo Bazán.

No sabía entonces que la autora gallega escribió a lo largo de su vida más de cuatrocientos cuentos. Que no hubo en su tiempo revista de prestigio, española o latinoamericana, donde no apareciera su obra. Que los asuntos de sus relatos son diversos y numerosos, como lo fueron también sus querencias, sus intereses, sus sapiencias. La labor de selección de unos pocos relatos entre tamaña producción termina convirtiéndose en una labor ardua, por lo que supone tener que descartar textos magníficos. Pasé muchos meses releyendo gozosamente la obra breve de la autora antes de decidir qué selección iba a conformar este libro. Podría haber elegido otras temáticas, otros estilos. Me encantan los cuentos de Pardo Bazán que discurren en el entorno doméstico, a menudo gallego. Disfruto cuando sitúa a sus protagonistas entre fogones, cocinando o devorando sabrosas recetas. Como doña Emilia, también yo soy aficionada a cocinar y a escribir de lo que cocinan otros y siento simpatía por los escritores que se atreven a describir los procesos de elaboración de las recetas y las manducas de sus personajes, algo que no abunda en la literatura de ninguna época. También podría haber elegido los cuentos más beligerantes, más airados, más reivindicativos de doña Emilia. Esos que podrían leerse hoy en una muy actual clave feminista y que fueron auténticas puntas de lanza en su tiempo. Doña Emilia fue una mujer sabia y respondona, que hizo callar a más de uno de sus contemporáneos, y que pagó en ocasiones muy cara su valentía. En sus cuentos aflora también esta parte de su personalidad, como no podía ser de otro modo. Finalmente, recordé a aquella lectora precoz que fui el día en que busqué por primera vez a mi querida condesa en los cajoncitos barnizados de mi biblioteca de cabecera. Recordé con qué sorpresa recibí aquellas temáticas que hoy llamaríamos «de género» y que fueron también toda una osadía en el momento en que fueron escritas. Decidirme por ellas fue un modo de volver al pasado, pero también de hacer un regalo a los posibles lectores de este libro. Una invitación a la sorpresa.

Hoy me parece claro que fue en su producción breve donde Pardo Bazán mostró con todo lujo de detalle su enorme versatilidad como narradora, su amplia paleta de temas y estilos, su profundo conocimiento de la condición humana y sus dotes para la crítica social. No hay tema que se le resista. Su curiosidad es insaciable, y lo será toda su vida, hasta el final. En sus manos, el realismo puede adquirir tintes costumbristas, recrearse en detalles culinarios o recurrir a la ironía lo mismo que puede abordar los aspectos más peliagudos de la realidad, en un acercamiento a la literatura naturalista, o criticar la misoginia y el atraso de las clases privilegiadas, que tan bien conocía. Pero, al mismo tiempo, Pardo Bazán sabía también escribir estupendos cuentos policíacos o inquietantes relatos de fantasmas, dos temáticas que demuestran que además de una atenta observadora de cuanto ocurría a su alrededor sabía bordar una literatura escapista y contraria a la realidad, como lo estuvieron los precedentes románticos a quienes a menudo parece homenajear. Se atrevió con todo y todo lo hizo bien. Es una autora deslumbrante.

Volviendo a aquella primera colección que llegó a mis manos de adolescente trágica. Recuerdo ahora el gusto con que la leí, y también algunos cuentos, pero sin duda hubo uno que quedó muy marcado en mi memoria: «La resucitada». No fue solo la predilección por lo sobrenatural lo que me hizo disfrutarlo. Había mucho más en aquellas pocas páginas. La honestidad. La crudeza del tratamiento. El lirismo. El dominio absoluto del lenguaje. La falta de pedantería. Pardo Bazán contaba con la naturalidad de quien lo hace durante una larga sobremesa. La suya era una voz sin impostura, que sentí como original en una época en que no perdonaba los engolamientos. Nunca he podido olvidar la frase que puso en boca de un personaje, una de esas sentencias que te regala la literatura para siempre, para que se convierta en compañía de por vida. Desde mucho antes de comenzar a releer la obra de doña Emilia supe que ese cuento debía estar aquí.

No fue fácil seleccionar solo diez relatos de una producción tan extensa. De entre todas las tentaciones que fueron surgiendo, me quedé con la tentación de lo macabro, lo misterioso, lo espectral. Me fascina la Pardo Bazán que habla de aparecidos y de casos criminales y he recogido aquí mis relatos favoritos de esa temática, descartando todas las demás, de los gastronómicos a los feministas pasando por los costumbristas. En estas páginas encontrará el lector a hombres con deseos de vanagloria funeraria, hermanos puestos a prueba por su padre desde la tumba, donjuanes de medio pelo que pagan cara su inexperiencia o pícaras capaces de engañar al más experto de los joyeros. Y, tras todos ellos, la autora que mueve los hilos de la historia, sin duda uno de los grandes nombres de la literatura europea del siglo XIX.

Uno de los episodios más conocidos de la vida de doña Emilia, fue su intento de ingreso en la Real Academia Española. Tres veces lo intentó, tres veces topó contra el muro de la anticuada misoginia de los señores académicos. «¿Por qué quiere doña Emilia ser académica —se preguntaba Leopoldo Alas, Clarín— [...] ¿cómo quiere que sus verdaderos amigos le alabemos esa manía? Más vale que fume. ¿Ser académica? ¿Para qué? Es como si se empeñara en ser guardia civila (sic) o de la policía secreta».

Por supuesto, Pardo Bazán también fumaba. Y, desde luego, tenía una visión menos miope que sus contemporáneos —hombres y mujeres— con respecto a las aspiraciones intelectuales de las mujeres y de las suyas propias como mujer. La oposición feroz que encontró con respecto al asunto de la Academia, que no fue unánime ni únicamente masculina, le sirvió no solo para responder airosa y ampliamente a los donaires, sino para proclamarse por su cuenta y riesgo «candidato (sic) perpetua a la Academia». También afirmó cosas como esta: «En nombre de mi sexo creo que hasta tengo el deber de sostener, en el terreno platónico, y sin intrigas ni complots, la aptitud legal de las mujeres que lo merezcan para sentarse en aquel sillón, mientras haya Academias en el mundo». Y a Clarín le enfatiza, por si no hubiera quedado aún claro: «Siempre que al alcance de mi mano [...] pueda reivindicar algún derecho para esta categoría de parias y sudras a que estamos relegadas, lo haré, lo haré, lo haré».

He elegido hablar del episodio de la Academia porque sirve como paradigma de toda la existencia de Pardo Bazán.

Desde luego, nunca le faltaron méritos para conseguir ese mérito o cualquier otro. Fue uno de los mejores escritores de su tiempo, de todos los tiempos. Y lo escribo en masculino para englobarles a ellos, los cacareantes intelectuales que se atrevieron tantas veces a medirse con ella cuando en realidad no tenían ni su cultura ni su obra. Pardo Bazán debía su educación a un padre tolerante y liberal. Sabía idiomas, había viajado y conocía las corrientes literarias europeas, en especial las francesas. Poseía una vasta cultura literaria, fruto de sus muchos años de lecturas en la biblioteca familiar. Tenía una claridad de ideas apabullante y sabía manifestarlas con gracia y contundencia. Era autora de obras indiscutibles, que sus colegas admiraban (y es de suponer que envidiaban) tanto en público como en privado. Su modo de tratar a todos ellos de tú a tú despertó muchos recelos y, en la fase más intensa de su popularidad, la volvió motivo de burlas y escarnios. Una publicación de prestigio la caricaturizó poniéndose unos pantalones. A menudo se la acusó de querer emular a los hombres, de ser demasiado masculina y se aprovechó la coyuntura para criticar a las mujeres que reniegan de su condición de tales. Algunos manifestaron por ella un desprecio difícil de perdonar hoy día, como Menéndez y Pelayo, que se atrevió a descalificar *Los pazos de Ulloa* —y, sobre todo, a su autora— a pesar de reconocer que solo había leído el prólogo de la obra. Menéndez y Pelayo no supera el hecho de que tamaña novelista, de que intelectual tan brillante sea una mujer. Cuando se entera de sus aspiraciones a la Academia le escribe a

Juan Valera: «A doña Emilia no hay que tomarla en serio en este asunto ni en muchos otros. Tiene ingenio, cultura y sobre todo singulares cuestiones de estilo pero, como toda mujer, tiene una naturaleza receptiva y se enamora de todo lo que hace ruido, sin ton ni son y contradiciéndose cincuenta veces. Un día se encapricha por san Francisco y otro por Zola». Lo único que queda claro de todo ello visto con la distancia de los años es que la intelectualidad del momento, en su totalidad masculina, no estaba preparada para el huracán de modernidad y de incomodidad que suponía doña Emilia.

La verdad es que Pardo Bazán no era convencional en ninguna de las facetas de su vida. A pesar de que se casó muy joven —a los dieciséis años— vivía separada de su marido desde poco después, gozando de una libertad muy poco común a las mujeres de su época, propiciada sin duda por su clase social privilegiada pero también por sus ingresos. Defendió a ultranza su derecho a cobrar por su trabajo, y gestionó ella misma los contratos de sus libros y colaboraciones en la prensa —otra modernidad inédita—. Tuvo tres hijos, pero su faceta de madre no le impidió dedicarse intensamente a su labor intelectual. Fue una trabajadora innegable, una infatigable escritora de cartas, una viajera impenitente. También fue impulsora y difusora de proyectos culturales y literarios, algunos de los cuales fracasaron porque sus contemporáneas no compartían ni sus intereses ni su inquietud. También escribió libros de recetas de cocina, donde mezcló lo popular con lo culto —hay una receta que le agradece a Benito Pérez Galdós, por ejemplo— y donde reconoció que los fogones no estaban reñidos con las bibliotecas. Hasta en eso fue una avanzada.

Su heterodoxia se reflejó también en su relaciones sociales y amorosas. Fue amiga de toda la intelectualidad de su tiempo y mantuvo relaciones amorosas con quien consideró oportuno. Conocidísima es su relación con Galdós, con quien mantuvo una amistad intelectual que el amor sazonó y esponjó. Hay noticia de ello en la correspondencia que intercambiaron y de la que solo se conservan las cartas de ella, por desgracia. Tal vez hubieran ruborizado a sus contemporáneos, pero para nosotros son una muestra deliciosa del modo de ser de una mujer que era capaz de las más divertidas zalamerías tanto como de las referencias más cultas, a menudo alternadas en una misma misiva. Una mujer que al hablar de sí misma le escribe a su amigo y amante: «Soy exigente y donde entro aspiro a llenarlo todo». Las palabras de ella nos permiten imaginar las de él, perdidas, o tal vez quemadas por una discreta doña Emilia. «Esta mañana, al leer tu cartita, se me derretía el corazón de cariño», le escribe el 7 de mayo de 1889. Y antes de despedirse: «Pánfilo de mi corazón: rabio también por echarte encima la vista y los brazos y el cuerpo todo. Te aplastaré». Lo mejor es que, comparando los retratos de ambos creadores, no cuesta imaginarlo. El humor es constante. «¿Cuándo tendré el descordojo de ver tu geta?», le pregunta a fines de 1891. Una semana después le confiesa: «Cariño: ya estoy rabiando porque vengas». Y así el tono de sus epístolas va de lo cariñoso a lo jocoso, de lo apasionado a lo nimio —le pregunta si come, si duerme, si se cuida... —, sin olvidar jamás lo literario. Leyéndolas es imposible no sentir adoración por ella, pero también por Galdós, que tan bien supo elegir y que tan poco se dejó llevar por los convencionalismos de su tiempo. Ella le piropea en sus cartas. Acaso el mejor piropo que jamás leyó don Benito fue el que ella escribió el 5 de octubre de 1889: «Me gustas más que ningún libro». Viniendo de quien venía, no es un cumplido pequeño. La relación, sin embargo, no siempre fue un lecho de rosas. Emilia tuvo un desliz con otro hombre —el director de la revista *La España Moderna*, José Lázaro Galdiano— y Galdós se dolió y enrabietó. Ella pidió perdón por escrito y en persona. Él la perdonó. Siguieron escribiéndose. Nunca hicieron pública su relación. Nunca la formalizaron. Ambos parecían estimar su libertad por encima de ataduras. Se respetaron y apoyaron hasta la muerte de él, un año antes que la de ella. Doña Emilia, convertida ya en una figura casi legendaria, pasó su último verano en el balneario de Mondariz. Murió en mayo de 1921, de las complicaciones de un catarro. Antes de morir había expresado a sus hijos sus deseos de ser enterrada en el Pazo de Meirás, la casa palaciega que ella misma se había construido en su Coruña natal. Por distintas ironías de la historia, no pudo ser, y sus restos reposan hoy en la iglesia de la Concepción de Madrid, en la calle de Goya. Poco importa ya, como ella dejó escrito también: «¡De aquí a ochenta años la gente se reirá de tantas cosas! Y nuestros huesos estarán reducidos a polvo».

Los huesos tal vez sí. No así las palabras. «Queda lo escrito. Todo lo demás, no queda», escribió también.

De modo que aquí la tienen. Una invitación a la sorpresa, a la admiración. Eso son, entre otras muchas cosas, los cuentos de doña Emilia Pardo Bazán. Si nunca la leyeron antes, les envidio. Están a punto de darse un auténtico festín de magnífica literatura.

Damas, caballeros: pasen y lean.

La cita

Alberto Miravalle, excelente muchacho, no tenía más que un defecto: creía que todas las mujeres se morían por él.

De tal convencimiento, nacido de varias conquistas del género fácil, resultaba para Alberto una sensación constante, deliciosa, de felicidad pueril. Como tenía la ingenuidad de dejar traslucir su engreimiento de hombre irresistible, la leyenda se formaba, y un ambiente de suave ridiculez le envolvía. Él no notaba ni las solapadas burlas de sus amigos en el círculo y en el café, ni las flechas zumbonas que le disparaban algunas muchachas, y otras que ya habían dejado de serlo.

Dada su olímpica presunción, Alberto no extrañó recibir por el correo interior una carta sin notables faltas de ortografía, en papel pulcro y oloroso, donde entre frases apasionadas se le rendía una mujer. La dama desconocida se quejaba de que Alberto no se había fijado en ella, y también daba a entender que, una vez puestas en contacto las dos almas, iban a ser lo que se dice una sola. Encargaba el mayor sigilo, y añadía que la señal de admitir el amor que le brindaba sería que Alberto devolviese aquella misma carta a la lista de Correos, a unas iniciales convenidas.

Al pronto, lo repito, Alberto lo encontró de lo más natural... Después —por entera que fuese su infatuación—, sintió atisbos de recelo. ¿No sería una encerrona para robarle? Un segundo examen le restituyó al habitual optimismo. Si le citaban para una calle sospechosa, con no ir... La precaución de la devolución del autógrafo indicaba ser realmente una señora la que escribía, pues trataba de no dejar pruebas en manos del afortunado mortal.

Alberto cumplió la consigna.

Otra segunda epístola fijaba ya el día y la hora, y daba señas de calle y número. Era preciso devolverla como la primera. Se encargaba una puntualidad estricta, y se advertía que, llegando exactamente a la hora señalada, encontraría abiertos portón y puerta del piso. Se rogaba que se cerrase al entrar, y acompañaban a las instrucciones protestas y finezas de lo más derretido.

Nada tan fácil como enterarse de quién era la bella citadora, conociendo ya su dirección. Y, en efecto, Alberto, después de restituir puntualmente la epístola, dio en rondar la casa, en preguntar con maña en algunas tiendas. Y supo que en el piso entresuelo habitaba una viuda, joven aún, de trapío, aficionada a lucir trajes y joyas, pero no tachada en su reputación. Eran excelentes las noticias, y Alberto empezó a fantasear felicidades.

Cuando llegó el día señalado, radiante de vanidad, aliñado como una pera en dulce, se dirigió a la casa, tomando mil precauciones, despidiendo el coche de punto en una calleja algo distante, recatándose la cara con el cuello del abrigo de esclavina, y buscando la sombra de los árboles para ocultarse mejor.

Porque conviene decir, en honra de Alberto, que todo lo que tenía de presumido lo tenía de caballero también, y si se preciaba de irresistible, era un muerto en la reserva, y no pregonaba jamás, ni aun en la mayor confianza, escritos ni nombres. No faltaba quien creyese que era cálculo hábil para aumentar con el misterio el realce de sus conquistas.

No sin emoción llegó Alberto a la puerta de la casa… Parecía cerrada; pero un leve empujón demostró lo contrario. El sereno, que rondaba por allí, miró con curiosidad recelosa a aquel señorito que no reclamaba sus servicios. Alberto se deslizó en el portal, y, de paso, cerró. Subió la escalera del entresuelo: la puerta del piso estaba arrimada igualmente. En la antesala, alfombrada, oscuridad profunda. Encendió un fósforo y buscó la llave de la luz eléctrica. La vivienda parecía encantada: no se oía ni el más leve ruido. Al dar luz Alberto pudo notar que los muebles eran ricos y flamantes. Adelantó hasta una sala, amueblada de damasco amarillo, llena de bibelots y de jarrones con plantas. En un ángulo revestía el piano un paño antiguo, bordado de oro. Tan extraño silencio, y el no ver persona humana, fueron motivos para oprimir vagamente el corazón de nuestro Don Juan. Un momento se detuvo, dudando si volver atrás y no proseguir la aventura.

Al fin, dio más luces y avanzó hacia el gabinete, todo sedas, almohadones y butaquitas; pero igualmente desierto. Y después de vacilar otro poco, se decidió y alzó con cuidado el cortinaje de la alcoba de columnas… Se quedó paralizado. Un temblor de espanto le sobrecogió. En el suelo yacía una mujer muerta, caída al pie de la cama. Sobre su rostro amoratado, el pelo, suelto, tendía un velo espeso de sombra. Los muebles habían sido violentados: estaban abiertos y esparcidos los cajones.

Alberto no podía gritar, ni moverse siquiera. La habitación le daba vueltas, los oídos le zumbaban, las piernas eran de algodón, sudaba frío. Al fin echó a correr; salió, bajó las escaleras; llegó al portal... Pero ¿quién le abría? No tenía llave... Esperó tembloroso, suponiendo que alguien entraría o saldría. Transcurrieron minutos. Cuando el sereno dio entrada a un inquilino, un señor muy enfundado en pieles, la luz de la linterna dio de lleno a Alberto en la cara, y tal estaba de demudado, que el vigilante le clavó el mirar, con mayor desconfianza que antes. Pero Alberto no pensaba sino en huir del sitio maldito, y su precipitación en escapar, empujando al sereno que no se apartaba, fue nuevo y ya grave motivo de sospecha.

A la tarde siguiente, después de horas de esas que hacen encanecer el pelo, Alberto fue detenido en su domicilio... Todo le acusaba: sus paseos alrededor de la casa de la víctima, el haber dejado tan lejos el «simón», su fuga, su alteración, su voz temblona, sus ojos de loco... Mil protestas de inocencia no impidieron que la detención se elevase a prisión, sin que se le admitiese la fianza para quedar en libertad provisional. La opinión, extraviada por algunos periódicos que vieron en el asunto un drama pasional, estaba contra el señorito galanteador y vicioso.

—¿Cómo se explica usted esta desventura mía? —preguntó Alberto a su abogado, en una conversación confidencial.

—Yo tengo mi explicación —respondió él—; falta que el Tribunal la admita. Vea lo que yo supongo, es sencillo: para mí, y perdóneme su memoria, la infeliz señora recibía a alguien…, a alguien que debe ser mozo de cuenta, profesional del delito y del crimen. El día de autos, desde el anochecer, la víctima envió fuera a su doncella, dándole permiso para comer con unos parientes y asistir a un baile de organillo. El asesino entró al oscurecer. Él era quien escribía a usted, quien le fijó la hora y quien, precavido, exigió la devolución de las cartas, para que usted no poseyese ningún testimonio favorable. Cuando usted entró, el asesino se ocultó o en el descanso de la escalera, o en habitaciones interiores de la casa. A la mañana siguiente, al abrirse la puerta de la calle, salió sin que nadie pudiese verle. Se llevaba su botín: joyas y dinero. ¿Qué más? Es un supercriminal que ha sabido encontrar un sustituto ante la Justicia.

—Pero ¡es horrible! —exclamó Alberto—. ¿Me absolverán?

—¡Ojalá!… —pronunció tristemente el defensor.

—Si me absuelven —exclamó Alberto— me iré a la Trapa, donde ni la cara de una mujer se vea nunca.

La Ilustración Española y Americana, n.º 48, 1909

Las dos vengadoras

Al conde León Tolstoi

Había un hombre muy perseguido, no tanto por la suerte como por los demás hombres, sus prójimos y, especialmente, por los que debieran profesarle cariño y tenerle ley. No parecía sino que, por negra fatalidad, a Zenón —que así se llamaba— toda la miel se le volvía hiel o mejor dicho, ponzoña. Sus hermanos, que eran dos, se concertaron para despojarle de la herencia paterna y le dejaron en la calle, sin más ropa que la puesta, sin techo ni lumbre. Casose, y su mejor amigo le afrentó públicamente con su mujer y, como si no bastase, la vil pareja le acusó de falsario, forjó pruebas contra él y logró que le sentenciasen a presidio, donde, inocente, arrastró largo tiempo el grillete de los criminales.

Aunque Zenón tenía al principio el alma abierta y generosa, el carácter noble y suma bondad, las traiciones, persecuciones y calumnias, el deshonor, los ultrajes y los desengaños fueron ulcerando su espíritu y cambiando su ser de tal manera que, en vez de resignarse y perdonar, como perdonó el Maestro, sintió poco a poco crecer en su corazón un espantable deseo, una sed ardentísima de venganza. Ya no ansiaba cumplir el tiempo de su condena por ser libre y volver a la sociedad, sino por buscar ocasión de saciar la ira que, gota a gota, había ido destilando. Pasábase las noches en vela fraguando planes que ejecutaría al punto de terminarse su cautiverio. Con paciencia, hilo a hilo, iba tejiendo la trama, y restregándose las manos gozoso, decía para sí: «Hoy salgo y mañana vuelvo a la prisión, pero de esta vez vuelvo *por algo*, por haber pagado a mis enemigos con usura el mal que me hicieron. Inocente me encerraron aquí, y otra vez me encerrarán culpable, pero habiendo saboreado las delicias del desquite. Véngueme yo, y álcese el patíbulo después».

Cumplió Zenón su tiempo y salió de las cárceles, resuelto a poner por obra sus airados propósitos. Lo primero que determinó fue pegar fuego a la casa solariega que le pertenecía y de donde sus hermanos le habían expulsado con dolo. Aprovecharía las sombras de la noche y, disfrazado de pordiosero, oculto en un cobertizo, esperaría a que todos se entregasen al descanso, obstruiría bien las cerraduras de puertas y ventanas, y cuando estuviesen en el descuido del primer sueño, prendería las virutas impregnadas de resina, a fin de que todo ardiese como yesca. Así que las llamas subiesen muy altas y los clamores de los encerrados fuesen extinguiéndose —lo cual probaría que ya los tenía asfixiados el humo—, Zenón huiría, yendo a introducirse secretamente en su propia casa, donde la falsa mujer y el mal amigo estarían juntos. Zenón conocía bien las entradas y salidas y podía deslizarse y esconderse sin ser observado de nadie. Compró un puñal, porque a estos deseaba verlos morir y saborear las convulsiones de su agonía.

Así que se puso el sol, vistió sus ropas de mendigo y, apoyado en un palo, tomó el camino de la casa que pensaba incendiar. Caminaba como el Destino, entre tinieblas más densas cada vez, cuando a una revuelta de la carretera advirtió cierta claridad misteriosa que alumbraba vivamente el paisaje, y se le aparecieron, juntas y cogidas de la mano, dos mujeres que formaban singular contraste.

Una era amarilla, escuálida, tan escuálida que los huesos se entreparecían bajo la seca piel; tenía palmas de esqueleto, y al través de los polvorientos crespones negros que la cubrían, se notaba que carecía de seno y de toda redondez femenil; con la mano derecha empuñaba y esgrimía reluciente hoz. La otra mujer era lozana, mórbida, colorada, blanca y de un rubio encendido los cabellos; vestía gasas de mil colores: rojo, verde, rosa, azul, aunque pegada al cuerpo llevaba una túnica negrísima. Zenón miraba a las dos apariciones, como preguntando qué le querían, hasta que ambas dijeron a una voz:

—Somos las Vengadoras y nos presentamos para que elijas, entre las dos, la que creas más eficaz.

—Yo —añadió la mujer escuálida— me llamo Muerte, y soy por ahora tu preferida. Has apelado a mí para vengarte de tus enemigos, y tienes resuelto carbonizar a los unos y coser a puñadas a los otros. Heme aquí dispuesta a complacerte sin tardanza; así como así, poco trabajo me cuesta darte gusto, porque es cuestión de adelantar los sucesos: año arriba o abajo, tus enemigos no podrán librarse de esta hoz que empuño.

—Escucha —intervino la lozana mujer—: antes de que te entregues a mi hermana, que te engatusará por lo sencillo y expeditivo de los recursos que emplea, atiéndeme a mí, y de seguro que yo seré la elegida. Para convencerte no necesito sino enseñarte los cuadros de mi linterna mágica. Abre los ojos y mira bien.

Zenón miró, y sobre el fondo blanco del paño que extendía la mujer hermosa, vio agitarse las siluetas de sus aborrecidos hermanos. El menor echaba a hurtadillas una pulgarada de polvos blancos en la taza del mayor, y el mayor, después de haber bebido lo que contenía la taza caía al suelo entre horrendas convulsiones; pero no moría; arrastrábase largo tiempo apoyado en un báculo, y en cada plato que le servía el menor, mezclaba nuevo tósigo, hasta que el envenenado se iba quedando imbécil, reducido a la idiotez y abandonado de todos y cubierto de miseria expiraba en un rincón. Así que moría, su espectro comenzaba a aparecerse en sueños al culpable, a quien Zenón veía erguirse en la cama, trémulo, con el pelo erizado y los ojos fuera de las órbitas. Cambió de personajes la linterna, y se destacaron las siluetas de la esposa y del amigo de Zenón: ella siguiendo a su querido como la sombra al cuerpo, abrasaba en celos rabiosos; él procurando huir, lleno de hastío, de aquella amante ya marchita por la edad y las pasiones. Escondíase él, o se pasaba el día en casa de otras mujeres, y ella lloraba, y sus lágrimas eran como gotas de fuego que abrasaban el paño donde caían. Ya cansado de que le espiasen y le acusasen, él se volvió y Zenón fue testigo de cómo el seductor de su mujer le ponía en el rostro la mano…

—Esta será mi obra —pronunció la Vida solemnemente— si no se atraviesa mi hermana y me apaga la linterna. Ahora, tú dirás, Zenón, cuál de nosotras dos te conviene para Vengadora. ¿Sigues con el propósito de incendiar y acuchillar? ¿Quieres que te ayude la Muerte?

—No —respondió Zenón, que se limpió una lágrima—. Si la crueldad y el odio aún persistiesen en mí, lo que pediría a tu hermana sería que tardase muchos, muchos años en pasar el umbral de mis enemigos, y que te dejase a ti paso franco.

—Con tanta más razón —dijo irónicamente la Muerte, algo despechada, pues al fin es mujer, y no gusta de que la desairen— cuanto que yo, tarde o temprano, no he de faltar, y que en mi danza general todos harán mudanza, sin que les valgan excusas.

***

Zenón escribió a sus enemigos para advertirles que les perdonaba, y se retiró a un desierto, donde vive cultivando la tierra y sin querer ver rostro humano.

El Imparcial, 29 de agosto de 1892

La confianza

Lo que más encargaba Berándiz el joyero a sus dependientes era que no se fiasen de las señoras guapas y muy bien vestidas, que además vienen en coche y hablan con desdén olímpico de las sumas que puede costar una alhaja.

—El que regatea es que piensa pagar… Cuando no conozcan ustedes a la gente, mucho cuidado… Las apariencias engañan.

Pero estas sabias advertencias (como todas las que se dirigen a subalternos) eran machacar en hierro frío. Especialmente perdía el tiempo el señor Berándiz (hombre de suma experiencia y que, bajo la capa de una afabilidad grave con las clientes, ocultaba la astucia del judío más cebado en la ganancia) al dirigirlas a Avelino Cordero, el guapín a quien, atraídas por su sonrisa halagadora, se dirigían por instinto las damas.

El caso es que el sistema de Cordero —Berándiz lo reconocía en sus adentros— no carecía de habilidad comercial. Aquel demontre de chico, con su labia melosa y su derretimiento extático ante todas las mujeres que pisaban la joyería, las embaucaba, especialmente si pertenecían a la clase equivoca, que se adorna con brillantes y perlas, más que las madres de

familia honradas. Avelino sabía matizar su adoración: con las grandes señoras era religiosa, apasionada con las semimundanas, y, en cambio, se mostraba familiar y casi insolente con las que no ocultaban su profesión y sus hábitos. No había manera de rebajarle nada del precio a aquel chico tan insinuante, que tenía cara fina, de grabado inglés; pelo rubio bien atusado, talle elegante, manos largas y pulidas, que con tal amorosa delicadeza abrochaban los brazaletes y enganchaban los pendientes, acariciando, como el ala de una mariposa, el lóbulo de la oreja femenil, encendido de placer.

Y por eso, y solo por eso, conservaba en su establecimiento Berándiz al peligroso dependiente, con el cual no ganaba para sustos, dada su facilidad en enviar a las casas estuches con joyas a granel y dejarlos allí media semana sin reclamar.

—¡Que un día tenemos un disgusto, Cordero! —advertía incesantemente, con el entrecejo fruncido y el rostro preocupado, el patrón—. ¡Que la gente anda muy lista!

—También andamos listos por acá... —respondía Avelino con su alegre ligereza—. *Las conozco*, señor Berándiz, y a mí no me engañan. ¡Quia! Me toman el género lo mismo que pan bendito... Y como todo lo que las digo es de dientes afuera, aunque *ellas crean* otra cosa, me quedo yo muy sereno para olfatear los malos propósitos... ¿Ha pasado algo desagradable nunca? Ni pasará. Estoy al quite.

Solo a medias se tranquilizaba el judío, inquieto ante la galantería del dependiente. «¡Jum, jum! —murmuraba, rascándose suavemente el ala de la nariz—. ¡Tantas veces va el cántaro!...

Y este no repara: lo mismo envía en descubierto una *rivière* de chatones que un broche de perlillas de cien pesetas…».

Solo por el olor pronunciado a esencias extravagantes que exhalaba, ya alarmó a Berándiz una cliente desconocida, que se presentó una tarde pidiendo de lo más caro y de lo mejor. Naturalmente, la monopolizó Avelino. La extranjera —lo era de fijo, por el acento y la exageración de la espléndida indumentaria— tenía un rostro picante, sin belleza, pero lleno de bellaquería; el pelo casi rojo, y las mejillas como esmaltadas a fuerza de pintura. Avelino, envolviéndola en fulgores y en humedades de miradas, fascinándola con la sonrisa, consiguió que adquiriese de golpe una lanzadera de mil pesetas, un broche de setecientas y un lapicillo de oro cincelado de trescientas. Garbosamente, la extranjera sacó de la elegante bolsa dos billetes blanquiazules de a mil francos, y Berándiz, cuya *pose* (todos lo sabemos) es la corrección, advirtió deferentemente a Avelino:

—Que vayan enfrente, a la casa de cambio, a saber la cotización, para devolver a esta señora la diferencia.

Así se hizo. La extranjera, mientras se cambiaban los billetes, continuaba revolviendo, como caprichosa mal saciada.

—Un hilito de perlas… ¡Hace tanto tiempo que tengo este antojo! ¿Hay alguno regular?

Salieron tres muy ricos. El pago inmediato de las otras joyas había amansado al mismo Berándiz, y Avelino, presintiendo el gran día, de venta gorda, se liquidaba, se deshacía, probando las sartas a la cliente con gestos de fervor. Eran una ganga: baratísimas; ya no se encontraban así; las tenían de antiguo en la casa. La señora haría bien en aprovechar la ocasión. ¡Oh, qué tono el de las perlas al lado de la piel! ¡Qué dos blancuras encantadoras!

Sonreía, halagada, la extranjera; pero al mismo tiempo…, esto de los hilos…, vamos…, no se atrevía…, sin que *monsieur*… Se trataba, al fin, de algo importante: *monsieur* vendría a verlos mañana; hoy estaba atareado con tantos negocios, y solo regresaría al hotel a la hora de comer…

Avelino sabía que no conviene dejar enfriar los caprichos femeniles. Precipitó el desenlace.

—Yo los llevaré, señora, a que *monsieur* los vea, a la hora que usted señale.

Al pronto no se avino la pájara. ¡Oh! ¡Era tan poco probable saber cuándo regresaría *monsieur*, con los *negosios*! Avelino insistió: Berándiz acababa de hacerle, a espaldas de la cliente, un guiño casi imperceptible para animarle y autorizarle. Ella se conformó por fin.

—A las seis. Hotel de XXX, cuarto número…

Y a la hora indicada, exacto como un reloj de los que son exactos, allí estaba Avelino con los estuches. La extranjera, alzándose del sofá, hizo gestos de contrariedad:

—¡Cuánto siento la molestia!… ¡Oh, es un fastidio! *Monsieur*…, figúrese…, me dice por teléfono que se retrasó hablando de ese asunto de ferrocarriles, y que le retienen a comer en casa de los señores…

Y el apellido de los opulentos banqueros madrileños acabó de afirmar a Avelino en la resolución. Dijese el patrón lo que quisiera…, al hacerle el guiño, le había lanzado… Le reprenderían, pero se haría la venta excepcional…

—*Monsieur*, al fin, volverá… La señora quédese con esto, y cuando el señor venga… Mañana, a la hora que guste, yo pasaré a saber la contestación…

—¡Oh, oh!

Y la francesa resistió, hizo melindres, una mímica de gratitud por la confianza que se le otorgaba, a que Avelino correspondió con otra de éxtasis y rendimiento baboso. Y al cabo se fue, saliendo la francesa, con notorio mal tono, a despedirle al pasillo, repitiendo:

—Yo permanezco aquí. No abandono un minuto los estuches…

A las once de la mañana del día siguiente, Avelino, con la mosca en la oreja, por una terrible fraterna de Berándiz, que le había permitido llevar las joyas, pero no dejarlas, se presentaba en el hotel, y el portero, a su interrogación, respondía:

—¿Los señores del cuarto número…? No eran señores; era una señora, y anoche se ha marchado.

Y al ver la cara lívida, los ojos alocados del dependiente, exclamó:

—¿Se siente usted mal, caballero?…

No contestó. No podía. Se declaraba el ataque nervioso, de esos que llama histéricos la ciencia, aunque tal palabra parezca impropia tratándose de varones.

La Ilustración Española y Americana, n.º 7, 1911

La cana

Mi tía Elodia me había escrito cariñosamente: «Vente a pasar la Navidad conmigo. Te daré golosinas de las que te gustan». Y obteniendo de mi padre el permiso, y algo más importante aún, el dinero para el corto viaje, me trasladé a Estela, por la diligencia, y, a boca de noche, me apeaba en la plazoleta rodeada de vetustos edificios, donde abre su irregular puerta cochera el parador.

Al pronto, pensé en dirigirme a la morada de mi tía, en demanda de hospedaje; después, por uno de esos impulsos que nadie se toma el trabajo de razonar —tan insignificante creemos su causa—, decidí no aparecer hasta el día siguiente. A tales horas, la casa de mi tía se me representaba a modo de coracha oscura y aburrida. De antemano veía yo la escena. Saldría a abrir la única criada, chancleteando y amparando con la mano la luz de una candileja. Se pondría muy apurada, en vista de tener que aumentar a la cena un plato de carne: mi tía Elodia suponía que los muchachos solteros son animales carnívoros. Y me interpelaría: ¿por qué no he avisado, vamos a ver? Rechinarían y tintinearían las llaves: había que sacar sábanas para mí... Y, sobre todo, ¡era una noche libre! A un muchacho, por formal que sea, que viene del campo, de un pazo solariego, donde se ha pasado el otoño solo con sus papás, la libertad le atrae.

Dejé en el parador la maletilla, y envuelto en mi capa, porque apretaba el frío, me di a vagar por las calles, encontrando en ello especial placer. Bajo los primeros antiguos soportales, tropecé con un compañero de aula, uno de esos a quienes llamamos amigos porque anduvimos con ellos en jaranas y bromas, aunque se diferencien de nosotros en carácter y educación. La misma razón que me hacía encontrar divertido un paseo por calles heladas y solitarias, la larga temporada de vida rústica me movió acoger a Laureano Cabrera con expansión realmente amistosa. Le referí el objeto de mi viaje, y le invité a cenar. Hecho ya el convenio, reparé, a la luz de un farol, en el mal aspecto y derrotadas trazas de mi amigo. El vicio había degradado su cuerpo, y la miseria se revelaba en su ropa desechable. Parecía un mendigo. Al moverse, exhalaba un olor pronunciado a tabaco frío, sudor y urea. Confirmando mi observación, me rogó en frases angustiosas que le prestase cierta suma. La necesitaba, urgentemente, aquella misma noche. Si no la tenía, era capaz de pegarse un tiro en los sesos.

—No puedo servirte —respondí—. Mi padre me ha dado tan poco…

—¿Por que no vas a pedírselo a doña Elodia? —sugirió repentinamente—. Esa tiene gato. —Recuerdo que contesté tan solo:

—Me causaría vergüenza…

Cruzábamos en aquel instante por la zona de claridad de otro farol, y cual si brotase de las tinieblas, vivamente alumbrada, surgió la cara de Laureano. Gastada y envilecida por los excesos, conservaba, no obstante, sello de inteligencia, porque todos conveníamos, antaño, en que Laureano «valía». En el rápido momento en que pude verle bien noté un cambio que me sorprendió: el paso de un estado que debía de ser en él habitual —el cinismo pedigüeño, la comedia del sable—, a una repentina, íntima resolución, que endureció siniestramente sus facciones. Dijérase que acababa de ocurrírsele algo extraño.

«Este me atraca», pensé; y, en alto, le propuse que cenásemos, no en el tugurio equívoco, semiburdel que él indicaba, sino en el parador. Un recelo, viscoso y repulsivo, como un reptil, trepaba por mi espíritu conturbándolo. No quería estar solo con tal sujeto, aunque me pareciese feo desconvidarle.

—Allí te espero —añadí— a las nueve…

Y me separé bruscamente, dándole esquinazo. La vaga aprensión que se había apoderado de mí se disipó luego. A fin de evitar encuentros análogos, subí el embozo de la capa, calé el sombrero y, desviándome de las calles céntricas, me dirigí a casa de una mujer que había sido mi excelente amiga cuando yo estudiaba en Estela Derecho. No podré jurar que hubiese pensado en ella tres veces desde que no la veía; pero los lugares conocidos refrescan la memoria y reavivan la sensación, y aquel recoveco del callejón sombrío, aquel balcón herrumbroso, con tiestos de geranios «sardineros» me retrotraían a la época en que la piadosa Leocadia, con sigilo, me abría la puerta, descorriendo un cerrojo perfectamente aceitado. Porque Leocadia, a quien conocí en una novena, era en todo cauta y felina, y sus frecuentes devociones y su continente modesto la habían hecho estimable en su estrecho círculo. Contadas personas sospecharían algo de nuestra historia, desenlazada sencillamente por mi ausencia. Tenía Leocadia marido auténtico, allá en Filipinas, un mal hombre, un *perdis*, que no siempre enviaba los veinticinco duros mensuales con que se remediaba su mujer. Y ella me repetía incesantemente:

—No seas loco. Hay que tener prudencia... La gente es mala... Si le escriben de aquí cualquier chisme...

Reminiscencias de este estribillo me hicieron adoptar mil precauciones y procurar no ser visto cuando subí la escalera, angosta y temblante. Llamé al estilo convenido, antiguo, y la misma Leocadia me abrió. Por poco deja caer la bujía. La arrastré adentro y me informé. Nadie allí; la criada era asistenta y dormía en su casa. Pero más cuidado que nunca, porque «aquel» había vuelto, suspenso de empleo y sueldo a causa de unos líos con la Administración, y gracias a que hoy se encontraba en Marineda, gestionando arreglar su asunto... De todos modos, lo más temprano posible que me retirase y con el mayor sigilo, valdría más. ¡Nuestra Señora de la Soledad, si llegase a oídos de él la cosa más pequeña!...

Fiel a la consigna, a las nueve menos cuarto, recatadamente, me deslicé y enhebré por las callejas románticas, en dirección al parador. Al pasar ante la catedral, el reloj dio la hora, con pausa y solemnidad fatídicas. Tal vez a la humedad, tal vez al estado de mis nervios se debiese el violento escalofrío que me sobrecogió. La perspectiva de la sopa de fideos, espesa y caliente,

y el vino recio del parador, me hizo apretar el paso. Llevaba bastantes horas sin comer.

Contra lo que suponía, pues Laureano no solía ser exacto, me esperaba ya y había pedido su cubierto y encargado la cena. Me acogió con chanzas.

—¿Por dónde andarías? Buen punto eres tú... Sabe Dios...

A la luz amarillenta, pero fuerte, de las lámparas de petróleo colgadas del techo, me horripiló más, si cabe, la catadura de mi amigo. En medio de la alegría que afectaba, y de adelantarse a confesar que lo del tiro en los sesos era broma, que no estaba tan apurado, yo encontraba en su mirar tétrico y en su boca crispada algo infernal. No sabiendo cómo explicarme su gesto, supuse que, en efecto, le rondaba la impulsión suicida. No obstante, reparé que se había atusado y arreglado un poco. Traía las manos relativamente limpias, hecho el lazo de la corbata, alisadas las greñas. Frente a nosotros, un comisionista catalán, buen mozo, barbudo, despachado ya su café, libaba perezosamente copitas de Martel leyendo un diario. Como Laureano alzase la voz, el viajante acabó por fijarse, y hasta por sonreírnos picarescamente, asociándose a la insistente broma.

—Pero ¿en qué agujero te colarías? ¡Qué ficha! Tres horas no te las has pasado tú azotando calles... A otro con esas... ¿Te crees que somos bobos? Como si uno se fiase de estos que vuelven del campo...

Las súplicas de la precavida Leocadia me zumbaban aún en los oídos, y me creí en el deber de afirmar que sí, que callejeando y vagando había entretenido el tiempo.

—¿Y tú? —redargüí—. Rezando el Rosario, ¿eh?

—¡Yo, en mi domicilio!

—¿Domicilio y todo?

—Sí, hijo; no un palacio… Pero, en fin, allí se cobija uno… La fonda de la Braulia, ¿no sabes?

Sabía perfectamente. Muy cerca de la casa de mi tía Elodia: una infecta posaducha, de última fila. Y en el mismo segundo en que recordaba esta circunstancia, mis ojos distinguieron, colgando de un botón del derrotado chaqué de Laureano, un hilo que resplandecía. Era una larga cana brillante.

Me creerán o no. Mi impresión fue violenta, honda; difícilmente sabría definirla, porque creo que hay sobradas cosas fuera de todo análisis racional. Fascinado por el fulgor del hilo argentado sobre el paño sucio y viejo, no hice un movimiento, no solté palabra: callé. A veces pienso qué hubiese sucedido si me ocurre bromear sobre el tema de la cana. Ello es que no dije esta boca es mía. Era como si me hubiesen embrujado. No podía apartar la mirada del blanco cabello.

Al final de la cena, el buen humor de Laureano se abatió, y a la hora del café estaba tétrico, agitado; se volvía frecuentemente hacia la puerta, y sus manos temblaban tanto, que rompió una copa de licor. Ya hacía rato que el viajante nos había dejado solos en el comedor lúgubre, frente a los palilleros de loza que figuraban un tomate, y a los floreros azules con flores artificiales, polvorientas. El mozo, en busca de la propia cena, andaría por la cocina. Cabrera, más sombrío a cada paso, sobresaltado, oreja en acecho, apuraba copa tras copa de coñac, hablando aprisa cosas insignificantes o cayendo en acceso de mutismo. Hubo un momento en que debió de pensar: «Estoy cerca de la total borrachera», y se levantó, ya un poco titubeante de piernas y habla.

—Conque no vienes «allá», ¿eh?

Sabía yo de sobra lo que era «allá», y solo de imaginarlo, con semejante compañía y con la lluvia que había empezado a caer a torrentes… ¡No! Mi camita, dormir tranquilo hasta el día siguiente y no volver a ver a Laureano. Le eché por los hombros su capa, le di su grasiento sombrero y le despedí.

—¡Buenas noches… No hay de qué… Que te diviertas, chico!

Dormí sueño pesado que turbaron pesadillas informes, de esas que no se recuerdan al abrir los ojos. Y me despertó un estrépito en la puerta: el dueño del parador en persona, despavorido, seguido de un inspector y dos agentes.

—¡Eh! ¡Caballero! ¡Que vienen por usted!… ¡Que se vista!

No comprendí al pronto. Las frases broncas, deliberadamente ambiguas, del inspector me guiaron para arrancar parte de la verdad. Más tarde, horas después, ante el juez, supe cuanto había que saber. Mi tía Elodia había sido estrangulada y robada la noche anterior. Se me acusaba del crimen…

Y véase lo más singular… ¡El caso terrible no me sorprendía! Dijérase que lo esperaba. Algo así tenía que suceder. Me lo había avisado indirectamente «alguien», quién sabe si el mismo espíritu de la muerta… Solo que ahora era cuando lo entendía, cuando descifraba el presentimiento negro.

El juez, ceñudo y preocupado, me acogió con una mezcla de severidad y cortesía. Yo era una persona «tan decente», que no iban a tratarme como a un asesino vulgar. Se me explicaba lo que parecía acusarme, y se esperaban mis descargos antes de elevar la detención a prisión. Que me disculpase, porque si no, con la Prensa y la batahola que se había armado en el pueblo, por muy buena voluntad que… Vamos a ver: los hechos por delante, sin aparato de interrogatorio, en plática confidencial… Yo debía venir a pasar la noche en casa de mi tía. Mi cama estaba preparada allí. ¿Por qué dormí en el parador?

—De esas cosas así… Por no molestar a mi tía a deshora…

¿No molestar? Cuidado: que me fijase bien. He aquí, según el juez, los hechos. Yo había ido a casa de doña Elodia a eso de las siete. La criada, sorda como una tapia, no quería abrir. Yo grité desde la mirilla: «Que soy su sobrino», y entonces la señora se asomó a la antesala y mandó que me dejasen pasar. Entré en la sala y la criada se fue a preparar la cena, pues tenía órdenes anteriores, por si yo llegase. Hasta las nueve o más no se sabe lo que pasó. Pronta ya la cena, la fámula entró a avisar, y vio que en la salita no había nadie: todo en tinieblas. Llamó varias veces y nadie respondió. Asustada, encendió luz. La alcoba de la señora estaba cerrada con llave. Entonces, temblando, solo acertó a encerrarse en su cuarto también. Al amanecer bajó a la calle, consultó a las vecinas; subieron dos o tres a acompañarla, volvió a llamar a gritos… La autoridad, por último, forzó la cerradura. En el suelo yacía la víctima bajo un colchón. Por una esquina asomaba un pie rígido. El armario, forzado y revuelto, mostraba sus entrañas. Dos sillas se habían caído…

—Estoy tranquilo —exclamé—. La criada habrá visto la cara de ese hombre.

—Dice que no… Iba embozado, con el sombrero muy calado. No le vio. ¡Y es tan torpe, tan necia, tan apocada! Medio lela está.

—Entonces soy perdido —declaré.

—Calma… ¡Cierto que son muchas coincidencias! Ayer llegó usted a las seis. A las seis y cuarto habló con un amigo en la calle de los Bebederos. Luego, hasta las nueve, no se sabe de usted más. A las nueve cena usted en el parador con el mismo amigo, y un viajante que estaba allí declara que le molestaba a usted la pregunta de ¿dónde había pasado esas horas?, y que afirmaba usted haberlas pasado en la calle, lo cual no es verosímil. Llovió a cántaros de ocho a ocho y media, y usted no llevaba paraguas… También decía que estaba usted así…, como preocupado… a veces, y el mozo añade que rompió usted una copa. ¡Es una fatalidad…!

—¿Ha declarado el que cenó conmigo?

—Sí, por cierto… Declaró la calamidad de Cabrera… Nada, eso; que le vio a usted un rato antes; que, convidado, cenó con usted, y que se retiró a cosa de las once.

—¡Él es quien ha asesinado a mi tía! —lancé firmemente—. Él, y nadie más.

—Pero ¡si no es posible! ¡Si me ha explicado todo lo que hizo! ¡Si a esas horas estuvo en su posada!

—No, señor. Entraría, se haría ver y volvería a salir. En esa clase de bujíos no se cierra la puerta. No hay quien se ocupe de salir a abrirla. Él sabía que me esperaba la tía Elodia. Es listo. Lo arregló con arte. Está en la última miseria. Cuando me encontró, en los Bebedores, me pidió dinero, amenazándome con volarse los sesos si no se lo daba. Ahora todo es claro: lo veo como si estuviese sucediendo delante de mí.

—Ello merece pensarse... Sin embargo, no le oculto a usted que su situación es comprometida. Mientras no pueda explicar el empleo de ese tiempo, de seis a nueve...

Las sienes se me helaron. Debía de estar blanco, con orejas moradas. Me tropezaba con un juez de los de coartada y tente tieso... ¿Coartada? Sería una acción sucia, vil, nombrar a Leocadia —toda mujer tiene su honor correspondiente—, y además, inútil, porque la conozco. No es heroína de drama ni de novela y me desmentiría por toda mi boca... Y yo lo merecía. Yo no era asesino, ni ladrón, pero...

La contrición me apretó el corazón, estrujándolo con su mano de acero. Creía sentir que mi sangre rezumaba... Era una gota salada en los lagrimales. Y en el mismo punto, ¡un chispazo!, me acordé del hilo brillante, enredado en el botón del raído chaqué.

—Señor juez...

Todavía estaba allí la cana cuando hicieron comparecer al criminal... El «gato» de la tía Elodia se halló oculto entre su jergón, con la llave de la alcoba... Sin embargo, no falta, aun hoy, quien diga que el asunto fue turbio, que yo entregué tal vez a mi cómplice... Honra, no me queda. Hay una sombra indisipable en mi vida. Me he encerrado en la aldea, y al acercarse la Navidad, en semanas enteras, no me levanto de la cama, por no ver gente.

Los Contemporáneos, n.º 106, 1911

Vampiro

No se hablaba en el país de otra cosa. ¡Y qué milagro! ¿Sucede todos los días que un setentón vaya al altar con una niña de quince?

Así, al pie de la letra: quince y dos meses acababa de cumplir Inesiña, la sobrina del cura de Gondelle, cuando su propio tío, en la iglesia del santuario de Nuestra Señora del Plomo —distante tres leguas de Vilamorta— bendijo su unión con el señor don Fortunato Gayoso, de setenta y siete y medio, según rezaba su partida de bautismo. La única exigencia de Inesiña había sido casarse en el santuario; era devota de aquella Virgen y usaba siempre el escapulario del Plomo, de franela blanca y seda azul. Y como el novio no podía, ¡qué había de poder, malpocadiño!, subir por su pie la escarpada cuesta que conduce al Plomo desde la carretera entre Cebre y Vilamorta, ni tampoco sostenerse a caballo, se discurrió que dos fornidos mocetones de Gondelle, hechos a cargar el enorme cestón de uvas en las vendimias, llevasen a don Fortunato a la silla de la reina hasta el templo. ¡Buen paso de risa!

Sin embargo, en los casinos, boticas y demás círculos, digámoslo así, de Vilamorta y Cebre, como también en los atrios

y sacristías de las parroquiales, se hubo de convenir en que Gondelle cazaba muy largo, y en que a Inesiña le había caído el premio mayor. ¿Quién era, vamos a ver, Inesiña? Una chiquilla fresca, llena de vida, de ojos brillantes, de carrillos como rosas; pero qué demonio, ¡hay tantas así desde el Sil al Avieiro! En cambio, caudal como el de don Fortunato no se encuentra otro en toda la provincia. Él sería bien ganado o mal ganado, porque esos que vuelven del otro mundo con tantísimos miles de duros, sabe Dios qué historia ocultan entre las dos tapas de la maleta; solo que…. ¡pchs!, ¿quién se mete a investigar el origen de un fortunón? Los fortunones son como el buen tiempo: se disfrutan y no se preguntan sus causas.

Que el señor Gayoso se había traído un platal, constaba por referencias muy auténticas y fidedignas; solo en la sucursal del Banco de Auriabella dejaba depositados, esperando ocasión de invertirlos, cerca de dos millones de reales (en Cebre y Vilamorta se cuenta por reales aún). Cuantos pedazos de tierra se vendían en el país, sin regatear los compraba Gayoso; en la misma plaza de la Constitución de Vilamorta había adquirido un grupo de tres casas, derribándolas y alzando sobre los solares nuevo y suntuoso edificio.

—¿No le bastarían a ese viejo chocho siete pies de tierra? —preguntaban entre burlones e indignos los concurrentes al Casino.

Júzguese lo que añadirían al difundirse la extraña noticia de la boda, y al saberse que don Fortunato, no solo dotaba espléndidamente a la sobrina del cura, sino que la instituía heredera universal. Los berridos de los parientes, más o menos próximos, del ricachón, llegaron al cielo: hablose de tribunales, de locura senil, de encierro en el manicomio. Mas como don Fortunato, aunque muy acabadito y hecho una pasa seca, conservaba íntegras sus facultades y discurría y gobernaba perfectamente, fue preciso dejarle, encomendando su castigo a su propia locura.

Lo que no se evitó fue la cencerrada monstruo. Ante la casa nueva, decorada y amueblada sin reparar en gastos, donde se habían recogido ya los esposos, juntáronse, armados de sartenes, cazos, trípodes, latas, cuernos y pitos, más de quinientos bárbaros. Alborotaron cuanto quisieron sin que nadie les pusiese coto; en el edificio no se entreabrió una ventana, no se filtró luz por las rendijas: cansados y desilusionados, los cencerreadores se retiraron a dormir ellos también. Aun cuando estaban conchavados para cencerrar una semana entera, es lo cierto que la noche de tornaboda ya dejaron en paz a los cónyuges y en soledad la plaza.

Entre tanto, allá dentro de la hermosa mansión, abarrotada de ricos muebles y de cuanto pueden exigir la comodidad y el regalo, la novia creía soñar; por poco, y a sus solas, capaz se sentía de bailar de gusto. El temor, más instintivo que razonado, con que fue al altar de Nuestra Señora del Plomo, se había disipado ante los dulces y paternales razonamientos del anciano marido, el cual solo pedía a la tierna esposa un poco de cariño y de calor, los incesantes cuidados que necesita la extrema vejez. Ahora se explicaba Inesiña los reiterados «No tengas miedo, boba»; los «Cásate tranquila», de su tío el abad de

Gondelle. Era un oficio piadoso, era un papel de enfermera y de hija el que le tocaba desempeñar por algún tiempo…, acaso por muy poco. La prueba de que seguiría siendo chiquilla, eran las dos muñecas enormes, vestidas de sedas y encajes, que encontró en su tocador, muy graves, con caras de tontas, sentadas en el confidente de raso. Allí no se concebía, ni en hipótesis, ni por soñación, que pudiesen venir otras criaturas más que aquellas de fina porcelana.

¡Asistir al viejecito! Vaya: eso sí que lo haría de muy buen grado Inés. Día y noche —la noche sobre todo, porque era cuando necesitaba a su lado, pegado a su cuerpo, un abrigo dulce— se comprometía a atenderle, a no abandonarle un minuto. ¡Pobre señor! ¡Era tan simpático y tenía ya tan metido el pie derecho en la sepultura! El corazón de Inesiña se conmovió: no habiendo conocido padre, se figuró que Dios le deparaba uno. Se portaría como hija, y aún más, porque las hijas no prestan cuidados tan íntimos, no ofrecen su calor juvenil, los tibios efluvios de su cuerpo; y en eso justamente creía don Fortunato encontrar algún remedio a la decrepitud. «Lo que tengo es frío —repetía—, mucho frío, querida; la nieve de tantos años cuajada ya en las venas. Te he buscado como se busca el sol; me arrimo a ti como si me arrimase a la llama bienhechora en mitad del invierno. Acércate, échame los brazos; si no, tiritaré y me quedaré helado inmediatamente. Por Dios, abrígame; no te pido más».

Lo que se callaba el viejo, lo que se mantenía secreto entre él y el especialista curandero inglés a quien ya como en último recurso había consultado, era el convencimiento de que, puesta en contacto su ancianidad con la fresca primavera de Inesiña, se verificaría un misterioso trueque. Si las energías vitales de la muchacha, la flor de su robustez, su intacta provisión de fuerzas debían reanimar a don Fortunato, la decrepitud y el agotamiento de este se comunicarían a aquella, transmitidos por la mezcla y cambio de los alientos, recogiendo el anciano un aura viva, ardiente y pura y absorbiendo la doncella un vaho sepulcral. Sabía Gayoso que Inesiña era la víctima, la oveja traída al matadero; y con el feroz egoísmo de los últimos años de la existencia, en que todo se sacrifica al afán de prolongarla, aunque solo sea horas, no sentía ni rastro de compasión. Agarrábase a Inés, absorbiendo su respiración sana, su hálito perfumado, delicioso, preso en la urna de cristal de los blancos dientes; aquel era el postrer licor generoso, caro, que compraba y que bebía para sostenerse; y si creyese que haciendo una incisión en el cuello de la niña y chupando la sangre en la misma vena se remozaba, sentíase capaz de realizarlo. ¿No había pagado? Pues Inés era suya.

Grande fue el asombro de Vilamorta —mayor que el causado por la boda aún— cuando notaron que don Fortunato, a quien tenían pronosticada a los ocho días la sepultura, daba indicios de mejorar, hasta de rejuvenecerse. Ya salía a pie un ratito, apoyado primero en el brazo de su mujer, después en un bastón, a cada paso más derecho, con menos tembliqueteo de piernas. A los dos o tres meses de casado se permitió ir al casino, y al medio año, ¡oh maravilla!, jugó su partida de billar, quitándose la levita, hecho un hombre. Diríase que le soplaban la piel, que le inyectaban jugos: sus mejillas perdían las hondas arrugas, su cabeza se erguía, sus ojos no eran ya los muertos ojos que se sumen hacia el cráneo. Y el médico de Vilamorta, el célebre Tropiezo, repetía con una especie de cómico terror:

—Mala rabia me coma si no tenemos aquí un centenario de esos de quienes hablan los periódicos.

El mismo Tropiezo hubo de asistir en su larga y lenta enfermedad a Inesiña, la cual murió —¡lástima de muchacha!— antes de cumplir los veinte. Consunción, fiebre hética, algo que expresaba del modo más significativo la ruina de un organismo que había regalado a otro su capital. Buen entierro y buen mausoleo no le faltaron a la sobrina del cura; pero don Fortunato busca novia. De esta vez, o se marcha del pueblo, o la cencerrada termina en quemarle la casa y sacarle arrastrando para matarle de una paliza tremenda. ¡Estas cosas no se toleran dos veces! Y don Fortunato sonríe, mascando con los dientes postizos el rabo de un puro.

Blanco y Negro, n.º 539, 1901

La madrina

Al nacer el segundón —desmirriado, casi sin alientos— el padre le miró con rabia, pues soñaba una serie de robustos varones, y al exclamar la madre —ilusa como todas—: «Hay que buscarle madrina», el padre refunfuñó:

—¡Madrina! ¡Madrina! La muerte será…, ¡porque si este pelecha!

Con la idea de que no era vividero el crío, dejó el padre llegar el día del bautizo sin prevenir mujer que le tuviese en la pila. En casos tales trae buena suerte invitar a la primera que pasa. Así hicieron, cuando al anochecer de un día de diciembre se dirigían a la iglesia parroquial. Atravesada en el camino, que la escarcha endurecía, vieron a una dama alta, flaca, velada, vestida de negro. La enlutada miraba fijamente, con singular interés, al recién, dormido y arrebujado en bayetes y pieles. A la pregunta de si quería ser madrina, la dama respondió con un ademán de aquiescencia. Despertose en la iglesia la criatura y rompió a llorar; pero apenas le tomó en brazos su futura madrina, la carita amarillenta adquirió expresión de calma, y el niño se durmió, y dormido recibió en la chola el agua fría y en los labios la amarga sal.

En las cocinas del castillo se murmuró largamente, al amor de la lumbre, de aquel bautizo y aquella madrina, que al salir de la iglesia había desaparecido cual por arte de encantamiento. Un cuchicheo medroso corría como un soplo del otro mundo, hacía estremecerse el huso en manos de las mozas hilanderas, temblar la papada en las dueñas bajo la toca y fruncirse las hirsutas cejas de los escuderos, que sentenciaban:

—No puede parar en bien caso que empieza en brujería.

El segundón, entre tanto, se desarrollaba trabajosamente. Enfermedades tan graves le asaltaron que tuvo dos veces encargado el ataúd, y siempre, al parecer iniciarse el estertor de la agonía, verificábase una especie de resurrección: el niño se incorporaba, se pasaba la mano por los ojos, sonreía y con ansia infinita pedía de comer…

—Siete vidas tiene como los gatos —decía la dueña Marimiño a Fernán el escudero—. ¡Embrujado está, y no muere así le despeñen de la torre más alta!

Este dicho se recordó con espanto pocos días después. Jugando el segundón con el mayor en la plataforma de la torre, lucharon en chanza, se acercaron a la barbacana, y colándose por una brecha, cayeron de aquella formidable altura. Del mayor, don Félix, se recogió una masa sanguinolenta e informe. El otro, don Beltrán, detenido por un reborde de la cornisa y unas matas que lo mullían algún tanto, pudo sostenerse, agarrarse a la muralla y trepar hasta la plataforma otra vez. Con asombro supersticioso refirió el lance Fernán, ocular testigo; y en las veladas del invierno, los servidores evocaron la temerosa figura

de la enlutada madrina. Solo ella podía haber dispuesto los sucesos del modo más favorable a su ahijado. Ya no ingresaría Beltrán en un monasterio; suyos eran casa y estados; de segundón pasaba a heredero universal.

Entonces se pensó en instruirle para las fatigas de la guerra. Endeble como seguía siendo, hubo de ejercitarse en las armas. Salió pendenciero, amigo de gazaperas, retos, cuchilladas, y su débil brazo hacía saltar la espada de la muñeca de los mejores reñidores, y en las funciones militares libraba sin un rasguño, a pesar de alardes de valor temerario. Mirábanle ya con aprensión los demás señores, con mezcla de veneración y terror el vulgo. Un suceso casual dio mayor pábulo a las hablillas.

Andaba perdidamente enamorado don Beltrán de doña Estrella de Guevara, viuda principal cuanto hermosa, codiciada de todos. Ella prefería a un Moncada, el duque de San Juan, y con este dispuso casarse. En vísperas de la boda, estando el duque solazándose a orillas del río Jarama con su prometida y muchos amigos, salió un toro bravo, arremetiole y le paró tan mal, que al otro día era difunto. Llovía sobre mojado. Se alzó imponente la voz de que danzaba brujería en los asuntos de don Beltrán, y el Santo Oficio hubo de resolver mezclarse en lo que traía alborotada a la villa y corte, inspirando peregrinas fábulas. Como que se llegaba hasta la afirmación de que el toro no era toro, sino un fantástico dragón que espiraba lumbre, y en el cuerpo del mísero duque las señales parecían, no de cornadas, sino de garras candentes.

Honda marejada se produjo en el Santo Tribunal antes de prender a un noble señor. Ejercía las funciones de inquisidor general el obispo de Oviedo y Plasencia, don Diego Sarmiento de Valladares, caballero por los cuatro costados, y los rigores inquisitoriales no recaían sino sobre gentecilla, mercaderes y tratantes gallegos y portugueses, oscuros alumbrados y judaizantes renegados y bígamos. Una buena traílla de estos mezquinos acababa de ser agarrotada, quemada viva, encarcelada perpetuamente, relajada en estatua, azotada por las calles y embargados los bienes que no tenían, con ocasión del famoso auto de fe a que habían querido asistir Carlos II y las dos reinas, enviando el monarca el primer haz de fajina que alimentase el fuego del brasero. Mas las poderosas familias del duque de San Juan y de doña Estrella de Guevara apretaron tanto que al fin don Beltrán fue preso y recluido en los calabozos, donde todavía no habían acabado de evaporarse las lágrimas de las infelices penitencias del auto. En las tinieblas de la mazmorra recordó confusamente palabras de su nodriza, insinuaciones de la dueña Mari Nuño, conversaciones reticentes de sus padres, auras de consejas y mentiras que oreaban sus cabellos desde niño. Y con ahínco desesperado, exclamó:

—¡Señora Muerte! ¡Madrina mía! ¡Acúdeme!

Esparciose por el encierro cárdena claridad, y don Beltrán vio delante a una mujer extraña, medio moza y medio vieja, por un lado engalanada; por otro, desnuda. Su cara se parecía a la de don Beltrán, como que era él mismo, «su muerte propia». Y don Beltrán recordó el dicho de cierto ilustre caballero del hábito de Santiago: «La muerte no la conocéis, y sois vosotros mismos vuestra muerte: tiene la cara de cada uno de vosotros, y todos sois muertes de vosotros mismos».

—¿Qué se te ofrece, ahijado? —preguntó solícita ella.

—¡Salir de esta cárcel! —suplicó don Beltrán.

—No alcanza mi poder a eso. Te he servido bien; me he desviado de ti veinte veces, te he quitado de delante estorbos y te he mullido el camino con tierra de cementerio. Pero mi acción tiene límites, y el amor y el odio son más fuertes que yo. Habrá cárcel por muchos años: los deudos de tu rival han resuelto que te pudras en ella.

Mesándose el cabello, don Beltrán insistió con ardor:

—¿No hay ningún recurso, madrina? Por ahí fuera hace sol, la gente se pasea, brillan los ojos, resuenan músicas festivas, requiebran los galanes, se cruzan estocadas… ¡Y yo aquí, sepultado en una fosa, expuesto a que me saquen con coraza y sambenito! Madrina, tú eres omnipotente, temida y respetada… ¡He sentido tantas veces tu protección terrible! ¿No acertarás a salvarme ahora?

La madrina calló un momento, y luego articuló entre un susurro lento y prolongado como el de los árboles de inmensa copa:

—Sé un remedio para darte libertad. ¿No lo adivinas? Yo saco infaliblemente a los mortales del sitio en que penan, llevándolos conmigo.

Sintió un sutil escalofrío don Beltrán y se tapó los ojos con las manos. Cuando las apartó se halló solo: la madrina había desaparecido. En más de dos años no se atrevió el ahijado a invocarla. Al contrario, a ratos la conjuraba para que no se acercase: temía la tentación de asir aquella mano blanca, lisa, marmórea, y agarrado a ella salir del cautiverio. No llamó a su madrina ni en el día en que, tendiéndole sobre el caballete del potro, le dieron por tres veces el trato de cuerda que hace crujir los huesos, estira los tendones y lleva el dolor hasta las últimas reconditeces de los nervios. Quedó moribundo y le trasladaron a una celda con reja a la calle.

Y una mañana, mirando por la reja, sucediole que vio pasar a una mujer hermosísima, acompañada de una dueña grave y halduda y de un galán bizarro: la propia doña Estrella de Guevara. Sus crespos cabellos teñidos de rubio veneciano hacían parecer más clara su tez y sus labios más bermejos; vestía de terciopelo verde con pasamanos de oro, y en sus ojos negros como la endrina chispeaba una alegría de vivir insolente y triunfadora.

—¡Madrina! ¡Ven, acude! —gritó con fervor don Beltrán, incorporándose, a pesar del quebrantamiento de sus huesos.

Y apenas hubo llamado sinceramente a su madrina, se cerraron los párpados del caballero, se extinguió el hálito de su pecho, cayó sobre la fementida cama, una mano glacial cogió la suya, y don Beltrán salió de la prisión, libre y feliz.

El Imparcial, 1 de diciembre de 1902

Desde allí

Don Javier de Campuzano iba acercándose a la muerte, y la veía llegar sin temor; arrepentido de sus culpas, confiaba en la misericordia de Aquel que murió por tener la de todos los hombres. Solo una inquietud le acuciaba algunas noches, de esas en que el insomnio fatiga a los viejos. Pensaba que, faltando él, entre sus dos hijos y únicos herederos nacerían disensiones, acerbas pugnas y litigios por cuestión de hacienda. Era don Javier muy acaudalado propietario, muy pudiente señor, pero no ignoraba que las batallas más reñidas por dinero las traban siempre los ricos. Ciertos amarguísimos recuerdos de la juventud contribuían a acrecentar sus aprensiones. Acordábase de haber pleiteado largo tiempo con su hermano mayor; pleito intrincado, encarnizado, interminable, que empezó entibiando el cariño fraternal y acabó por convertirlo en odio sangriento. El pecado de desear a su hermano toda especie de males, de haberle injuriado y difamado, y hasta —¡tremenda memoria!— de haberle esperado una noche en las umbrías de un robledal con objeto de retarle a espantosa lucha, era el peso que por muchos años tuvo sobre su conciencia don Javier. Con la intención había sido fratricida, y temblaba al imaginar que sus hijos, a quienes amaba tiernamente, llegasen a detestarse por un puñado de oro. La Naturaleza había dado a don Javier elocuente ejemplo y severa lección: sus dos hijos, varón y hembra, eran mellizos; al reunirlos desde su origen en un mismo vientre, al enviarlos al mundo a la misma hora, Dios les había mandado imperativamente que se amasen; y herida desde su nacimiento la imaginación de don Javier, solo cavilaba en que dos gotas de sangre de las mismas venas, cuajadas a un tiempo en un seno de mujer, podían, sin embargo, aborrecerse hasta el crimen. Para evitar que celos de la ternura paternal engendrasen el odio, don Javier dio a su hijo la carrera militar y le tuvo casi siempre apartado de sí; solo cuando conoció que la vejez y los achaques le empujaban a la tumba, llamó a José María y permitió que sus cuidados filiales alternasen con los de María Josefa. A fuerza de reflexiones, el viejo había formado un propósito, y empezó a cumplirlo llamando aparte a su hija, en gran secreto, y diciéndole con solemnidad:

—Hija mía, antes que llegue tu hermano tengo que enterarte de algo que te importa. Óyeme bien, y no olvides ni una sola de mis palabras. No necesito afirmar que te quiero mucho; pero además tu sexo debe ser protegido de un modo especial y recibir mayor favor. He pensado en mejorarte, sin que nadie te pueda disputar lo que te regalo. Así que yo cierre los ojos..., así que reces un poco por mí..., te irás al cortijo de Guadeluz, y en la sala baja, donde está aquel arcón muy viejo y muy pesado que dicen es gótico, contarás a tu izquierda, desde la puerta, dieciséis ladrillos —fíjate, dieciséis—, una onza de ladrillos,

¿entiendes?, y levantarás el que hace diecisiete, que tiene como la señal de una cruz, y algunos más alrededor. Bajo los ladrillos verás una piedra y una argolla; la piedra, recibida con argamasa fuerte. Quitarás la argamasa, desquiciarás la piedra y aparecerá un escondrijo, y en él un millón de reales en peluconas y centenes de oro. ¡Son mis ahorros de muchos años! El millón es tuyo, solo tuyo; a ti te lo dejo en plena propiedad. Y ahora, chitón, y no volvamos a tratar de este asunto. ¡Cuando yo falte…!

María Josefa sonrió dulcemente, agradeció en palabras muy tiernas y aseguró que deseaba no tener jamás ocasión de recoger el cuantioso legado. Llegó José María aquella misma noche, y ambos hermanos, relevándose por turno, velaron a don Javier, que decaía a ojos vistas. No tardó en presentarse el último trance, la hora suprema, y en medio de las crispaciones de una agonía dolorosa, notó María Josefa que el moribundo apretaba su mano de un modo significativo y creyó que los ojos, vidriosos ya, sin luz interior, decían claramente a los suyos: «Acuérdate: dieciséis ladrillos… Un millón de reales en peluconas…».

Los primeros días después del entierro se consagraron, naturalmente, al duelo y a las lágrimas, a los pésames y a las efusiones de tristeza. Los dos hermanos, abatidos y con los párpados rojos, cambiaban pocas palabras, y ninguna que se refiriese a asuntos de interés. Sin embargo, fue preciso abrir el testamento; hubo que conferenciar con escribanos, apoderados y albaceas, y una noche en que José María y María Josefa se encontraron solos en el vasto salón de recibir, y la luz desfallecida del quinqué hacía, al parecer, visibles las tinieblas, la hermana se aproximó al hermano, le tocó en el hombro y murmuró tímidamente, en voz muy queda:

—José María, he de decirte una cosa..., una cosa rara..., de papá.

—Di, querida... ¿Una cosa rara?

—Sí, verás... Y te admirarás... «Hay» un millón de reales en monedas de oro escondido en el cortijo de Guadeluz.

—No, tonta —exclamó sobrecogido y con súbita vehemencia José María—. No has entendido bien. ¡Ni poco ni mucho! Donde está oculto ese millón es en la dehesa de la Corchada.

—¡Por Dios, Joselillo! Pero si papá me lo explicó divinamente, con pelos y señales... Es en la sala baja; hay que contar dieciséis ladrillos a la izquierda desde la puerta, y al diecisiete está la piedra con argolla que cubre el tesoro.

—¡Te aseguro que te equivocas, mujer! Papá me dio tales pormenores que no cabe dudar. En la dehesa, junto al muro del redil viejo, que ya se abandonó, existe una especie de pilón donde bebía el ganado. Detrás hay una arqueta medio arruinada y al pie de la arqueta, una losa rota por la esquina. Desencajando esa losa se encuentra un nicho de ladrillo, y en él un millón en peluconas y centenes...

—Hijo del alma, pero ¡si es imposible! Créeme a mí. Cuando papá te llamó estaba ya peor, muy en los últimos; quizá la cabeza suya no andaba firme: ¡pobrecillo! Y tengo sus palabras aquí, esculpidas...

—María —declaró José cogiendo la mano de la joven, después de meditar un instante—, lo cierto es que hay dos depósitos

y solo así nos entenderemos. Papá me advirtió que me dejaba ese dinero exclusivamente a mí...

—Y a mí que el de Guadeluz era únicamente mío...

—¡Pobre papá! —murmuró conmovido el oficial—. ¡Qué cosa más extraña! Pues..., si te parece, lo que debe hacerse es ir a Guadeluz primero, y a la Corchada después. Así saldremos de dudas. ¡Qué gracioso sería que no hubiese sino uno!

—Dices bien —confirmó María Josefa triunfante—. Primero a donde yo digo, ¡porque verás cómo allí está el tesoro!

—Y también porque tuviste el acierto de hablar antes, ¿verdad, chiquilla? Has de saber... que yo no te lo decía porque temía afligirte; podías creer que papá te excluía, que me prefería a mí... ¡Qué sé yo! Pensaba sacar el depósito y darte la mitad sin decirte la procedencia. Ahora veo que fui un tonto.

—No, no; tenías razón —repuso María, confusa y apurada—. Soy una parlanchina, una imprudente. Debió prevenírseme eso... Debí buscar el tesoro y hacer como tú, entregártelo sin decir de dónde venía... ¡Qué falta de pesquis!

—Pues yo deploro que te hayas adelantado —contestó sinceramente José, apretando los finos dedos de su hermana.

De allí a pocos días, los mellizos hicieron su excursión a Guadeluz, y encontraron todo puntualmente como lo había anunciado María Josefa. El tesoro se guardaba en un cofrecillo de hierro cerrado; la llave no apareció. Cargaron el cofre, y sin pensar en abrirlo, siguieron el viaje a la Corchada, donde al pie de la derruida arqueta hallaron otra caja de hierro también, de igual peso y volumen que la primera. Lleváronse a casa las dos cajas en una sola maleta, encerráronse de noche y José María, provisto de herramientas de cerrajero, las abrió o, mejor dicho, forzó y destrozó el cierre. Al saltar las tapas brillaron las acumuladas monedas, las hermosas onzas y las doblillas, que los dos hermanos, sin contarlas, uniendo ambos raudales, derramaron sobre la mesa, donde se mezclaron como Pactolos que confunden sus aguas maravillosas. De pronto, María se estremeció.

—En el fondo de mi caja hay un papel.

—Y otro en la mía —observó el hermano.

—Es letra de papá.

—Letra suya es.

—El tuyo, ¿qué dice?

—Aguarda..., acerca la luz...; dice así: «Hijo mio: si lees esto a solas, te compadezco y te perdono; si lo lees en compañía de tu hermana, salgo del sepulcro para bendecirte...».

—El sentido del mío es idéntico —exclamó después de un instante, sollozando y riendo a la vez, María Josefa.

Los mellizos soltaron los papeles, y, por encima del montón de oro, pisando monedas esparcidas en la alfombra, se tendieron los brazos y estuvieron abrazados buen trecho.

Blanco y Negro, n.º 338, 1897

El mausoleo

Esto de las ambiciones humanas tiene mucho que observar. Cada quisque pone la mira en algo que quizá al vecino le sería indiferente. Hay ambiciones generales; hay otras individuales, extrañas y de difícil justificación, si no supiésemos que todas son igualmente vanas.

A pocos seguramente les desvelará lo que fue objeto de las constantes ansias de un hombre, por otra parte sencillo y ajeno a la mundanal vanagloria. Don Probo Gutiérrez López, empleado subalterno, solo lamentaba carecer de bienes de fortuna, porque desde niño había fantaseado que sus despojos esperasen el Juicio final encerrados en un mausoleo suntuoso, erigido en el cementerio de su ciudad natal, Repoblada.

Este cementerio, para el cual se han aprovechado terrenos baldíos que antes fueron estercoleras públicas, es uno de los ejemplares más desastrosos de lo antiestético y antipoético de las construcciones modernas, ya se consagren al reposo de la muerte, ya al tráfago de la vida. Una tapia blanca y maciza lo cerca, dando a su forma fastidiosa regularidad. Una capilla de estilo gótico de alcorza rompe únicamente la monotonía del cuadrilongo, proyectando en una esquina la pobreza de su endeble aguja. Dentro, los nichos, adosados a las paredes, enfilan sus anaqueles mezquinos, que sugieren la idea de muertos asfixiados en la estrechez. Las lápidas ostentan rótulos candorosos, y al abrigo de vidrios ovales, fotografías amarillentas, mechones de pelo lacio y ramos de siemprevivas. El arbolado nuevo, cipreses y sicómoros, no ha adquirido todavía el frondoso porte que tanto hermosea algunos camposantos modestos. Faltando el verdor, faltan pájaros, esas aves de canto vivaz y alegre que en tales lugares parecen adquirir sugestiva melancolía. Y así, el cementerio de Repoblada es realmente de una tristeza depresiva, aburriente y seca, que irrita en vez de conmover.

Pues con todo esto, Probo Gutiérrez anhelaba ocupar en el cementerio más feo del mundo un lugar de preferencia. Es de advertir que don Probo, no sé si por costumbre, por penitencia o por entretenimiento, era obligado acompañante de los cortejos fúnebres. Ninguno cruzaba las calles de la ciudad, a son de fagot y entre salmodias, que no llevase detrás al buen don Probo, con su raída levita y su sombrero anticuado. Y los socios del Recreo, donde Probo jugaba al tresillo, siempre que no se trataba de enterrar a alguien, le gastaban la broma de decirle que ni aun después de muerto quedaría franco de servicio, puesto que habría de figurar honrosamente en su entierro propio.

En sus diarias visitas al campo santo, seguía don Probo con inexplicable interés la construcción de cenotafios y panteones, la colocación de lápidas y rejas. Comenzaba a estar de moda este género de lujo, y los edículos neogriegos, románicos,

góticos, al apiñarse, formaban el más incoherente revoltijo. Había columnas truncadas revestidas de hiedra; había cruces en que se enredaban campanillas; había pirámides coronadas por un busto; había, incluso estatuas o más bien monigotes, y el dorado de las verjas nuevas desafinaba al sol como desafinaba la blancura sacarina del recién esculpido alabastro italiano. Y don Probo sentía con más vehemencia el ansia de yacer, él también, bajo un suntuoso monumento... Era la sed de inmortalidad que a veces acomete a los seres más predestinados al olvido, los cuales buscan la supervivencia en un afecto, en un corazón, y, a falta de esto, en unas piedras amontonadas. Don Probo no tenía ni hondos cariños ni íntimas amistades; solterón sin relieve social ni sentimental, tímido y torpe con las mujeres, indiferentes a todos, cuando desapareciese de entre los vivos sería como brizna de paja un día de aire. Acaso esta consideración, siempre mortificadora para el amor propio del aniquilamiento absoluto, explique el sueño monumental de don Probo. El olvido es forma del no ser, y él, don Probo, quería perpetuarse en granito y en bronce, ya que no en hijo, en libro, en amor, en hecho alto e ilustre.

No le era fácil, por otra parte, inferir que su ilusión se realizase nunca. Atenido a mezquino sueldo, vivía estrechamente. No era lo bastante loco para esperar en la lotería. No se le conocía más familia que un hermano menor, un bala perdida, jugador y borracho, que rodaba no se sabe por dónde. Y el carácter enteramente ideal de su gran aspiración la elevaba, prestándola radiaciones y luces de belleza inaccesible.

Por la ley que dispone que siempre muramos de lo mismo que llenó nuestra vida, fue en una excursión al cementerio donde Gutiérrez López contrajo la enfermedad que no perdona.

Corría diciembre; el frío acuchillaba, la pulmonía vino pegando; en la casa de huéspedes no se extremó el cuidado en la asistencia..., y, por caso inaudito, pudo notarse que don Probo no seguía a pie un entierro y que, contra su costumbre, desempeñaba en una ceremonia el principal papel.

El mismo origen de la pulmonía traidora impidió que don Probo llevase numeroso acompañamiento y que los pocos del séquito llegasen al campo santo. Los acompañados por él estaban en la imposibilidad de devolverle la atención, y los vivientes se retrajeron al saber que, camino del cementerio, se «ganaba la muerte». El día era horrible, lluvioso, glacial, tormentoso, con rachas huracanadas; el suelo, un mar de fango, y los caballos del coche fúnebre, con los cascos, chapoteaban y salpicaban agua cenagosa. Y allá fue, casi solitario, el constante acompañador.

El hermano perdulario había dicho por telégrafo que se enterrase a don Probo con toda decencia; pero, temerosos de un chasco desagradable, los compañeros de oficina no se atrevieron con la primera clase, y se dispuso la segunda, un ataúd sencillo, un nicho sin lápida de mármol —lo indispensable y estricto—. Al mismo tiempo que a don Probo, condujeron a su última morada a cierto usurero, detestado por la gente pobre, y a quien su viuda, más avara que él, dispuso un entierro exactamente igual al de don Probo en el nicho contiguo. Para resistir

la temperatura y la humedad, albañiles y sepultureros se previnieron con buena ración de caña; sorprendidos por el rápido anochecer invernal, confundieron los féretros, y en el nicho destinado al logrero depositaron el cuerpo de Gutiérrez López.

Seis meses después llegaba a la ciudad el hermano tronera, el garbanzo negro. La antojadiza suerte le había sonreído, y se presentó con boato, desempedrando calles, en su automóvil, y anunciando la resolución de erigir en el cementerio de Repoblada un panteón de familia, a todo coste. Quizá era este deseo de honores póstumos una propensión característica de la casta. Ello es que el jugador soñaba lo mismo que el formal y metódico, y se traía los planos, el presupuesto, el arquitecto, hasta operarios de Italia. Tratábase de un monumento original, destinado a chafar a los restantes, en que se mezclaban los jaspes de color, las serpentinas, los vidrios polícromos, hasta la cerámica, para una creación modernista sorprendente, donde se agotaba el tema de los letreros en asirio, la amapola somnífera, los cipreses formando procesión de obeliscos, los girasoles, emblema de inmortalidad, y los lotos, emblema del sueño y del nirvana. Hubo quien censuró tal maravilla, y hasta la puso en solfa; hubo quien se extasió, y quien se escandalizó de que el mausoleo careciese de emblemas religiosos, y después de acalorada polémica en la Prensa local, la autoridad competente ordenó que aquel jeroglífico rematase en una cruz.

Ya terminado, sin faltarle requisito, vino el fundador e hizo trasladar a él solemnemente el cuerpo… del usurero, que ocupaba el nicho destinado a don Probo; mientras los restos de

este —frustrado allende la tumba en su perenne anhelo—, con-
tinuaron disolviéndose olvidados en humilde nicho.

Sud-Exprés (cuentos actuales), 1909

La resucitada

Ardían los cuatro blandones soltando gotazas de cera. Un murciélago, descolgándose de la bóveda, empezaba a describir torpes curvas en el aire. Una forma negruzca, breve, se deslizó al ras de las losas y trepó con sombría cautela por un pliegue del paño mortuorio. En el mismo instante abrió los ojos Dorotea de Guevara, yacente en el túmulo.

Bien sabía que no estaba muerta; pero un velo de plomo, un candado de bronce la impedían ver y hablar. Oía, eso sí, y percibía —como se percibe entre sueños— lo que con ella hicieron al lavarla y amortajarla. Escuchó los gemidos de su esposo, y sintió lágrimas de sus hijos en sus mejillas blancas y yertas. Y ahora, en la soledad de la iglesia cerrada, recobraba el sentido, y le sobrecogía mayor espanto. No era pesadilla, sino realidad. Allí el féretro, allí los cirios…, y ella misma envuelta en el blanco sudario, al pecho el escapulario de la Merced.

Incorporada ya, la alegría de existir se sobrepuso a todo. Vivía. ¡Qué bueno es vivir, revivir, no caer en el pozo oscuro! En vez de ser bajada al amanecer, en hombros de criados a la cripta, volvería a su dulce hogar, y oiría el clamoreo regocijado de los que la amaban y ahora la lloraban sin consuelo. La idea deliciosa de la dicha que iba a llevar a la casa hizo latir su corazón, todavía debilitado por el síncope. Sacó las piernas del ataúd, brincó al suelo, y con la rapidez suprema de los momentos críticos combinó su plan. Llamar, pedir auxilio a tales horas sería inútil. Y de esperar el amanecer en la iglesia solitaria, no era capaz; en la penumbra de la nave creía que asomaban caras fisgonas de espectros y sonaban dolientes quejumbres de ánimas en pena… Tenía otro recurso: salir por la capilla del Cristo.

Era suya: pertenecía a su familia en patronato. Dorotea alumbraba perpetuamente, con rica lámpara de plata, a la santa imagen de Nuestro Señor de la Penitencia. Bajo la capilla se cobijaba la cripta, enterramiento de los Guevara Benavides. La alta reja se columbraba a la izquierda, afiligranada, tocada a trechos de oro rojizo, rancio. Dorotea elevó desde su alma una deprecación fervorosa al Cristo. ¡Señor! ¡Que encontrase puestas las llaves! Y las palpó: allí colgaban las tres, el manojo; la de la propia verja, la de la cripta, a la cual se descendía por un caracol dentro del muro, y la tercera llave, que abría la portezuela oculta entre las tallas del retablo y daba a estrecha calleja, donde erguía su fachada infanzona el caserón de Guevara, flanqueado de torreones. Por la puerta excusada entraban los Guevara a oír misa en su capilla, sin cruzar la nave. Dorotea abrió, empujó… Estaba fuera de la iglesia, estaba libre.

Diez pasos hasta su morada… El palacio se alzaba silencioso, grave, como un enigma. Dorotea cogió el aldabón trémula, cual si fuese una mendiga que pide hospitalidad en una hora

de desamparo. «¿Esta casa es mi casa, en efecto?», pensó, al secundar al aldabonazo firme... Al tercero, se oyó ruido dentro de la vivienda muda y solemne, envuelta en su recogimiento como en larga faldamenta de luto. Y resonó la voz de Pedralvar, el escudero, que refunfuñaba:

—¿Quién? ¿Quién llama a estas horas, que comido le vea yo de perros?

—Abre, Pedralvar, por tu vida... ¡Soy tu señora, soy doña Dorotea de Guevara!... ¡Abre presto!...

—Váyase enhoramala el borracho... ¡Si salgo, a fe que lo ensarto!...

—Soy doña Dorotea... Abre... ¿No me conoces en el habla?

Un reniego, enronquecido por el miedo, contestó nuevamente. En vez de abrir, Pedralvar subía la escalera otra vez. La resucitada pegó dos aldabonazos más. La austera casa pareció reanimarse; el terror del escudero corrió al través de ella como un escalofrío por un espinazo. Insistía el aldabón, y en el portal se escucharon taconazos, corridas y cuchicheos. Rechinó, al fin, el claveteado portón entreabriendo sus dos hojas, y un chillido agudo salió de la boca sonrosada de la doncella Lucigüela, que elevaba un candelabro de plata con vela encendida, y lo dejó caer de golpe; se había encarado con su señora, la difunta, arrastrando la mortaja y mirándola de hito en hito...

Pasado algún tiempo, recordaba Dorotea —ya vestida de acuchillado terciopelo genovés, trenzada la crencha con perlas y sentada en un sillón de almohadones, al pie del ventanal—, que también Enrique de Guevara, su esposo, chilló al reconocerla; chilló y retrocedió. No era de gozo el chillido, sino de espanto... De espanto, sí; la resucitada no lo podía dudar. Pues acaso sus hijos, doña Clara, de once años; don Félix de nueve, ¿no habían llorado de puro susto cuando vieron a su madre que retornaba de la sepultura? Y con llanto más afligido, más congojoso que el derramado al punto en que se la llevaban... ¡Ella que creía ser recibida entre exclamaciones de intensa felicidad! Cierto que días después se celebró una función solemnísima en acción de gracias; cierto que se dio un fastuoso convite a los parientes y allegados; cierto, en suma, que los Guevaras hicieron cuanto cabe hacer para demostrar satisfacción por el singular e impensado suceso que les devolvía a la esposa y a la madre... Pero doña Dorotea, apoyado el codo en la repisa del ventanal y la mejilla en la mano, pensaba en otras cosas.

Desde su vuelta al palacio, disimuladamente, todos la huían. Dijérase que el soplo frío de la huesa, el hálito glacial de la cripta, flotaba alrededor de su cuerpo. Mientras comía, notaba que la mirada de los servidores, la de sus hijos, se desviaba oblicuamente de sus manos pálidas, y que cuando acercaba a sus labios secos la copa del vino, los muchachos se estremecían. ¿Acaso no les parecía natural que comiese y bebiese la gente del otro mundo? Y doña Dorotea venía de ese país misterioso que los niños sospechan aunque no lo conozcan... Si las pálidas manos maternales intentaban jugar con los bucles rubios de don Félix, el chiquillo se desviaba, descolorido él a su vez, con el gesto del que evita un contacto que le cuaja la sangre.

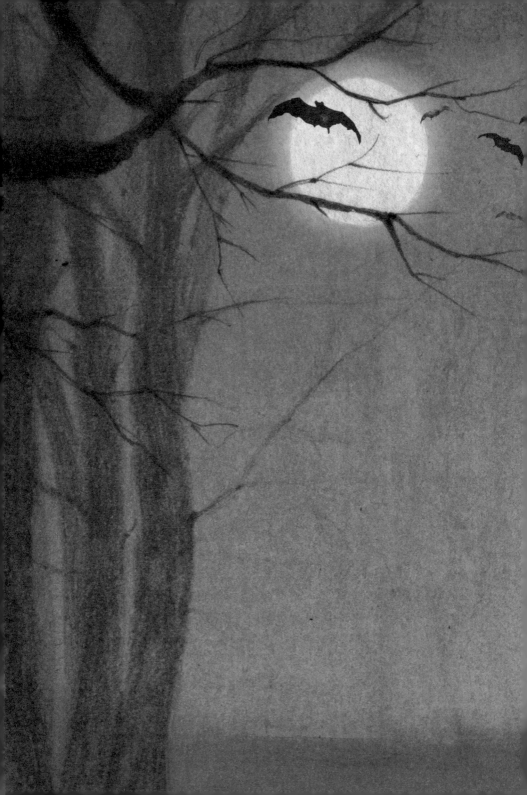

Y a la hora medrosa del anochecer, cuando parecen oscilar las largas figuras de las tapicerías, si Dorotea se cruzaba con doña Clara en el comedor del patio, la criatura, despavorida, huía al modo con que se huye de una maldita aparición...

Por su parte, el esposo —guardando a Dorotea tanto respeto y reverencia que ponía maravilla—, no había vuelto a rodearle el fuerte brazo a la cintura... En vano la resucitada tocaba de arrebol sus mejillas, mezclaba a sus trenzas cintas y aljófares y vertía sobre su corpiño pomitos de esencias de Oriente. Al trasluz del colorete se transparentaba la amarillez cérea; alrededor del rostro persistía la forma de la toca funeral, y entre los perfumes sobresalía el vaho húmedo de los panteones. Hubo un momento en que la resucitada hizo a su esposo lícita caricia; quería saber si sería rechazada. Don Enrique se dejó abrazar pasivamente; pero en sus ojos, negros y dilatados por el horror que a pesar suyo se asomaba a las ventanas del espíritu; en aquellos ojos un tiempo galanes atrevidos y lujuriosos, leyó Dorotea una frase que zumbaba dentro de su cerebro, ya invadido por rachas de demencia.

—De donde tú has vuelto no se vuelve...

Y tomó bien sus precauciones. El propósito debía realizarse por tal manera, que nunca se supiese nada; secreto eterno. Se procuró el manojo de llaves de la capilla y mandó fabricar otras iguales a un mozo herrero que partía con el tercio a Flandes al día siguiente. Ya en poder de Dorotea las llaves de su sepulcro, salió una tarde sin ser vista, cubierta con un manto; se entró en la iglesia por la portezuela, se escondió en la capilla de Cristo, y al retirarse el sacristán cerrando el templo, Dorotea bajó lentamente a la cripta, alumbrándose con un cirio prendido en la lámpara; abrió la mohosa puerta, cerró por dentro, y se tendió, apagando antes el cirio con el pie…

El Imparcial, 29 de junio de 1908

Casualidad

Mi amigo Luis Cortada es hombre de humor, aficionado a faldas como ninguno. Aunque guarda la reserva que el honor prescribe, sus dos o tres compinches de confianza conocemos sus principios y modo de entender tales cuestiones. «El amor —sostiene Luis— debe ser algo grato, regocijado y ameno; si causa penas, inquietudes y sofocos, hay que renegar de él y hacerse fraile». Cuando le hablan de dramas pasionales se encoge de hombros, y declara desdeñosamente:

—Los que ustedes llaman enamorados no son sino locos, que tomaron esa postura en vez de tomar otra. Podían buscar la cuadratura del círculo o el movimiento continuo; podían creerse el sha de Persia o el Kaiser; podían suponer que guardaban en una cueva millones en oro y pedrería... Prefieren figurarse que en su alma existe un ideal sublime, que les eleva al quinto cielo, que nadie como ellos ha sentido, y por el cual deben sufrir, si es necesario, martirio, muerte y deshonor. ¿Dónde cabe mayor insania? Y lo más terrible es que esa clase de dementes andan sueltos. No, conmigo eso no va. Adoro a las mujeres..., pero soy muy justo y las adoro a todas por igual, sin creer en la divinidad de ninguna.

Hay que suponer que el sistema de Luis era el mejor, pues las mujeres se morían por él.

No se sabe qué hechizo existía en aquel muchacho, ni muy guapo ni muy feo, de cara redonda y fino bigote castaño, de ojos alegres y frente muy blanca, en la cual el pelo señalaba cinco atrevidas puntas. Sin que él se alabase jamás de sus triunfos, nos constaban, y, en nuestra involuntaria y poco malévola envidia, los atribuíamos a aquella misma constante ecuanimidad y confianza en sí mismo, a la indiferencia con que pasaba de la rubia a la morena, sin concederles el tributo de un suspiro cuando se rompía el lazo. «Este chico —repetíamos— tiene música dentro».

Me llamó la atención ver que de pronto Luis perdía su jovialidad, andaba cabizbajo y mustio, y hasta, a veces, inquieto y hosco. Yo era, de los de la trinca, el más íntimo, el que le veía diariamente, o en su casa o en la mía, y no pude menos de preguntarle, atribuyendo el fenómeno al inevitable amor, que al fin, llegada la hora, le hubiese cogido en sus redes de oro y hierro. La hipótesis le sublevó.

—Te prohíbo —me dijo severamente— que dudes de mi cordura… Solo que, entérate: eso de la pasión y demás zarandajas tiene, entre otros encantos, el de que lo mismo puede dañar el padecerlo como el hacerlo sentir… Igual fastidia querer o ser querido… ¿Te has enterado? Y mutis.

—Como tú eres tan listo para mudarte de casa, no creí que te dejases coger en ninguna ratonera…

—Yo me entiendo… —repuso él, fruncido un ceño receloso sobre los ojos, que habían perdido su expresión regocijada.

Pasaba esta conversación en mi despacho, donde Luis, nerviosamente, había encendido y tirado casi enteros hasta tres excelentes puros. En su visible estado de agitación, sacaba la petaca, la dejaba sobre la mesa, volvía a guardarla, se tentaba el bolsillo y, en suma, ejecutaba movimientos inconscientes, reveladores de distracción profunda. Momentos así son los que aprovechan los ladrones llamados *descuideros* para quitar el reloj o la cartera a sus víctimas. Tal pensamiento fue el que se me ocurrió cuando, minutos después de haberse marchado Luis, vi que sobre mi mesa-escritorio se había dejado no la petaca, sino la cartera misma, que era de igual cuero y tamaño, y, sin duda, en su trastorno, confundió con ella.

Lo delicado —lo reconozco, señores— hubiese sido coger esa cartera y guardarla bajo llave sin mirarla. Pero la conciencia y la delicadeza también tienen sus sofismas, y yo me di a mí mismo la excusa de que no me proponía otro fin, al ser indiscreto, sino tratar de saber lo que preocupaba a mi amigo, para venirle en ayuda. Y tomé y abrí la cartera, que contenía un fajillo de billetes, y, en el otro departamento, papeles doblados y un retrato de mujer.

—¡Calle! —exclamé—. ¡La señora de Ramírez Madroño!

Era, en efecto, la esposa del riquísimo industrial, rubia bastante bonita, aunque de una fisonomía a veces extraña, unos ojos que relumbraban o se apagaban como gusanos de luz, y una cara larga y descolorida, como efigie de marfil antiguo. ¡Vaya, conque también ella! ¡De fama tan limpia! ¡Y nosotros, que ni aun por coqueta la teníamos! ¡Este Luis! Nada, que llevaba dentro, no ya música, una orquesta entera…

No es fácil detenerse cuando ha empezado a despertarse la curiosidad. Mis ojos ávidos recorrieron los billetitos en que la mano parecía haber dejado candentes surcos…, cuando, en lo mejor de la exploración, pegué un salto en el sillón giratorio y solté una exclamación sin forma, como se hace cuando se está solo… Acababa de leer un párrafo: «Alma mía, ya se notan los efectos… Todo obstáculo entre nosotros debe desaparecer…, y pronto desaparecerá. Envíame otro *paquetito* como los anteriores…».

Tan horripilado me quedé, que ni aun advertí que habían llamado a la puerta, ni que un hombre se precipitaba en mi despacho. Era él, era Luis, descompuesto, con los ojos saltándosele, la respiración ahogada. Yo, a mi vez, me quedé aturdido. No podía dudar de que me hubiese visto leyendo. ¡Qué *plancha*! Pero, con asombro, noté que Luis, en vez de conservar su actitud del primer momento, poco a poco iba modificándola, adoptando la de un hombre que se goza en la confusión de otro. Al cabo, mirándome cara a cara, soltó una franca risa y me echó al cuello los brazos, exclamando afectuosamente:

—No te apures, hijo, no te apures… En parte, me has hecho un favor con curiosear mi cartera. No me decidía a franquearme; así desahogaré contigo. Me has visto pensativo, cosa en mí bien rara, y ahora comprenderás por qué. He tenido la segunda desgracia: la primera, bueno, es enamorarse; la segunda…

—¡Sí, ya sé! —pude, por fin, articular—. La segunda desgracia es que se han enamorado de ti.

—¡Ajá! De eso se trata. He metido la mano en un cesto de flores y había en él la viborilla del amor. ¡Condenado! El caso es que la señora…; bueno, tú ya no ignoras cómo se llama.

—No, no lo ignoro… Y de veras que me ha sorprendido. La tenía por…

—Sí, sí, claro… Una señora intachable… hasta que llegó su cuarto de hora, con la fatalidad de que entonces pasase yo y no otro… En fin, que está, ¡no sabes!, de atar… Se le ha metido en la cabeza que su punto de honra es adorarme y unirse a mí por toda la vida, para lo cual tiene que…

Se le atragantó el verbo, y yo vine en su ayuda, articulando:

—Que cometer un crimen… ¡Atiza! ¡De tales entusiasmos líbrenos Dios!…

—Eso he dicho yo siempre: ¡Líbrenos Dios! Ya sabes mis teorías… Líbrenos de cuanto sea fuerte, hondo, trascendental… ¡Si no tiene vuelta!… Pero, en fin, ahora no se trata de eso. Vamos a lo urgente. Te explicaré cómo por un lado me ves reír y por otro me encuentras tan cabizbajo.

Respiró un instante. Luego se decidió:

—Todo cuanto te diga de la resolución de esa mujer sería poco… ¡Si bregaría yo con ella! Todas mis razones no la han podido disuadir. Y para evitar mayores males, ¿qué dirás que he discurrido? Desde hace un mes la envío paquetitos de un veneno activísimo… De lo que remedia las dispepsias y el flato… ¡Bicarbonato de sosa químicamente puro!… ¡Y eso es lo que surte efecto!…

La risa de mi amigo se me pegó… Celebramos con grandes carcajadas la farsa inocente.

—¡Y figúrate que me dice que ya nota efectos!…

Redoblamos las carcajadas. Sin embargo, de pronto me quedé serio y le cogí la mano:

—¡Aguarda, aguarda, Luisillo! Y si advierte que es inofensivo lo que la remites…, ¿puede… sustituir…, idear… otra cosa?

Mi amigo se puso blanco de terror. Evidentemente la hipótesis no se le había ocurrido ni un instante. Era quizá lo único en que no había pensado.

—¡Demonio! —fue lo que pronunció, al fin, dándose una palmada en la frente.

Momentos después, ya hecha alianza ofensiva y defensiva, debatíamos el plan de campaña. En primer término, Luis propuso el remedio de la cobardía: la fuga. Un viaje a París…, a Buenos Aires…, al Polo Norte…

Yo aconsejé el de la semicobardía: el aplazamiento.

—Mándale otra dosis mayor de bicarbonato —propuse— y veremos lo que pasa. Probablemente, ganar tiempo es ganarlo todo.

Se avino a mi parecer Luis, y transcurrieron quince días en que nada nuevo ocurrió.

Las cartas, sin embargo, denunciaban algo increíble: el creciente *efecto* de una droga tan inofensiva…

—¡Esto no puede ser! ¡Esa mujer está como una cesta de gatos! —declaró mi amigo, queriendo disimular la zozobra con la indignación—. ¿Qué diantres de efecto cabe? ¿Me lo quieres decir?

—Oye, Luis —resolví—: ese es un punto que importa averiguar. Es necesario que hoy mismo nos enteremos de cuál es el estado de salud del señor Ramírez Madroño, muy señor nuestro. A la noche reúnete conmigo en la cervecería, que te prometo noticias. No sería prudente que tú mismo las indagases.

Mi procedimiento fue de lo más sencillo. Por teléfono público pedí comunicación con la casa de Ramírez Madroño. Y la central dio por respuesta que estaba descolgado el teléfono a causa de la grave enfermedad del dueño de la casa. Y al entrar en la cervecería pedí un diario de la noche, y leí la noticia de que el señor Ramírez Madroño había muerto.

Cuando comuniqué esta nueva a Luis casi sufrió un síncope. Le hice entrar en una farmacia, le froté las sienes con vinagre y, a la salida, le insulté:

—¡Cobarde! ¡Tonto! ¡Ánimo! ¡Vaya un simple! ¿Tú has dado a ese señor, anda y dime, ningún jarope malo? ¿Entonces? Se murió porque Dios lo ha dispuesto...

No conseguí que mi amigo se reanimase. Pasó la noche en una especie de delirio, acusándose de imaginarios crímenes. Al otro día le metí en el tren, arropado con una manta y temblando de fiebre, y me fui con él a Barcelona, donde embarcamos para Italia.

Yo volví a Madrid tan pronto como pude estar seguro de que Luis había recobrado el uso de la razón y la salud de cuerpo. Convinimos en que el aire patrio le sería muy dañoso en bastantes meses. En efecto, tardó mucho en volver.

Pude cerciorarme de que el fallecimiento de Ramírez Madroño no había causado ninguna extrañeza: tenía en el estómago una úlcera mortal.

En cuanto a su esposa, tampoco sorprendió que, después de varios ataques de convulsiones histéricas, explicables por la pena, hubiese caído en una especie de atonía, y luego en una devoción estrecha y rigurosa, sin salir de la iglesia en toda la mañana. Era para mí evidente que jamás sospechó la piadosa burla de Luis. Al revés de otras, su arrepentimiento fue real, e imaginario su delito.

La Ilustración Española y Americana, n.º 9, 1913

ÍNDICE

Este libro, compuesto en tipos Arno Pro 13/17
sobre papel offset Munken Lynx de 135 g,
se acabó de imprimir en Madrid el 16 de septiembre de 2021,
aniversario del nacimiento de
Emilia Pardo Bazán